- 有志于从教并成为教育家的年轻人的必读之书
- 有志于成为一个高尚、高雅和高贵的年轻人的人生指南

给儿子的信

GEI ERZI DE XIN

(苏) 苏霍姆林斯基 / 著

刘永红　袁顺芝　李羽涵 / 译

华中师范大学出版社

新出图证(鄂)字10号

图书在版编目（CIP）数据

给儿子的信/苏霍姆林斯基著，刘永红、袁顺芝、李羽涵译.
—武汉：华中师范大学出版社，2021.6

ISBN 978-7-5622-9166-4

Ⅰ.①给 Ⅱ.①苏…②刘…③袁…④李… Ⅲ.①散文集—苏联 Ⅳ.①I512.65

中国版本图书馆CIP数据核字（2020）第202145号

给儿子的信

©苏霍姆林斯基 著

刘永红、袁顺芝、李羽涵 译

责任编辑：曾 艳 **责任校对：**刘少玲 **封面设计：**罗明波

编 辑 室：学术出版中心 **电 话：**027-67863280

出版发行：华中师范大学出版社有限责任公司

社 址：湖北省武汉市洪山区珞喻路152号

销售电话：027-67863426（发行部） **邮 编：**430079

网 址：http://press.ccnu.edu.cn

电子信箱：press@mail.ccnu.edu.cn

印 刷：湖北恒泰印务有限公司 **督 印：**刘 敏

开 本：880mm×1230mm 1/32

印 张：8 **字 数：**153千字

版 次：2021年6月第1版

印 次：2021年6月第1次印刷

定 价：32.00元

欢迎上网查询、购书

敬告读者：欢迎举报盗版，请打举报电话027-67867353

苏霍姆林斯基写给年轻人的人生指南

——刘永红教授等译《给儿子的信》序

周洪宇

《给儿子的信》的作者瓦西里·亚历山德罗维奇·苏霍姆林斯基（1918—1970）是享有世界声誉的苏联卓越的教育家、思想家和作家。苏氏 1918 年 9 月 28 日生于乌克兰赫尔松欣纳市（现为基罗夫格勒州）瓦西里耶夫卡村一个贫穷的农民家庭，并在此度过了童年和少年时期。1933 年到克列缅丘克进入工农系学习，毕业后回到家乡成为一名函授中学教师，同时转入波尔塔瓦师范学院函授部学习。1939 年毕业后，成为莫斯科州奥努弗里耶沃镇中学的教师。1941 年志愿上前线，1942 年在莫斯科城下负伤，伤愈后被任命为乌法市中学校长。随后返回故乡，从 1948 年起一直领导帕夫雷什中学，度过了 22 年不平凡的教育生活，写就了 48 本著作，600 篇文章，1500 篇童话和故事，创立了一个以人文主义为原则的全新的教育体系，即人本教育学。他的文集被翻译为 53 种文字，其著作荣获了许多奖项，包括苏联的最高奖。1957 年当选为苏联教育科学院通讯院士，荣获乌克兰功勋教师称号。

《给儿子的信》一书是苏氏晚期的重要作品，是一个现代人文主义的教育纲领。它是以父亲书信的形式进行的心灵对话，对象是刚刚走出父母襁褓进入大学校园的大学生。全书由 30 封信组成。重点关注年轻人的人格培养和道德美学的建立，包括基于社会性、使命感和精神价值的自我教育，基于爱情、友谊、审美、义务、责任、尊严、理想等的公民意识。苏氏认为，大学时代是一个人成人和成才的关键时期，必须牢记这样的三个核心词：面包、人民、劳动。这是立身之本，也是立国之要。劳动是生活的根基，应该把劳动视作人类本质上的王冠和光环，人类的智慧、良心和尊严都建立在他获取面包时脸上滴落的汗水。这汗水是勤劳的象征，是生命的意义，让人在劳动的挫折体验和教育中感受到人类衣食住行的艰难，获得快乐、荣誉和成就感，同时在劳动中培养对他人、对社会、对国家的责任和义务，体验一个公民的尊严。如在第 16 封信里，他说："你在未来，也许，也有机会走出我们的国门。但要记住：祖国是你的摇篮，是你的家，是你幸福的源泉。这是你的祖辈们的土地，上面流淌过他们无数的鲜血和汗水。""请这样地生活和劳动吧：让祖国为你而骄傲。请学会从最高的境界上审视你自己——从祖国人民的最高利益的角度。”在第 12 封信里，他又说：“你将成为一名战士，成为祖国的捍卫者。请记住，在任何时刻你都应该准备好随时为家国的自由和独立而战斗。”

苏氏以帕夫雷什中学作为教育实践基地和试验田，在苏联教育学领域，率先提出了人本教育学理念，通过劳动教育和美感培育，把关爱、尊重、个性自由、关心学生个性特征和内心世界作为教育的首要任务，以培养学生的自我教育能力、克服困难和懒惰的能力，在集体中的义务感和责任感。他的这种关注学生个性的新集体理念极大地影响了 20 世纪 60—80 年代的苏联学校教育。这些思想和观念也集中而精炼地反映在《给儿子的信》一书里。

国家的前途和时代的发展对我们大学生和当代教师提出了新的要求。习近平总书记对教师提出了殷切的希望，“教师是立教之本、兴教之源”，“一个人遇到好老师是人生的幸运，一个学校拥有好老师是学校的光荣，一个民族源源不断涌现出一批又一批好老师则是民族的希望”；“做好老师，是每一个老师应该认真思考和探索的问题，也是每一个老师的理想和追求”。《给儿子的信》也在思考这些问题。每一封信里都会提出一个新的年轻人和教师所难以回答又必须回答的问题。在第 30 封信里，苏氏集中回答了这样三个问题：(1) 共产主义社会的人将会是什么样的？什么样的特征我认为是未来的人类身上最为重要的？(2) 什么样的道德缺陷我认为是目前最危险的、最不能容忍的？(3) 依我看来，在教养青年一代的工作中，最严重的不足是什么？《给儿子的信》给我们描绘了一个理想社会对待儿童，对待劳动，对待国家，对待世界，对待友谊，对待责任等等的美好蓝图。它告诉我们，人是最宝贵的，人的精神是不朽的，一个人一生所追求的目标是建立在他的壮丽、完美和道德财富之上的。只有这样，我们才能成为党和人民满意的好老师，成为一个有理想信念，有道德情操，有扎实学识，有仁爱之心的“四有”大国良师。

刘永红教授等翻译的这版《给儿子的信》的创新之处，在于利用翻译的归化原则和书信的风格特点，在“信”的基础上，追求“达”和“雅”，很好地把握了原作的思想深度、书信风格的独特语气和基本特色，把一个父亲对儿子的拳拳之心，一个教师对学生的殷殷之意，一个长者对后学的期期之望都传达得很到位，尽可能将作品原汁原味地呈现给读者，同时在关键术语的翻译上采取了更为灵活的处理方式，增加了译文的可读性。比如第 22 封信在谈到女性美时有一段论美与人的关系的文字，深刻而美丽，多姿而纷繁，但是经过翻译处理，读起来，流畅自然，亲切而华美，清新而隽永，动人心弦。兹录如下：“美——就是深刻的人性。这是我们生命的快乐。人之所以为大写的人，是因为人看见了蔚蓝天空的深邃，星光的闪烁，黄昏晚霞的粉红色泛漫，多风天将起的火红晚霞，地平线上海市蜃楼的若隐若现，草原的无边无际，三月雪堆里的蓝色阴影，蔚蓝天空中的群鹤，太阳在清晨无数露珠上的映照，阴沉的秋日里灰色雨线，丁香花丛中的紫色气团，雪莲花的温柔的小花茎和浅蓝色的小铃铛——人看见了这一切，惊叹莫名，沿大地漫行，以创造新的美。”

我郑重推荐这本书，是因为自 1982 年大学毕业后参加《陶行知全集》的编纂起，一直从事教育研究，深受陶行知“生活教育学说”的影响，十分关注生活与教育、社会与学校、教学中教学做的关系，关注学生健全人格的培养，关注教师的引领作用。这些在《给儿子的信》中都能够找到精辟的论述。陶行知的教育思想是以“生活”为逻辑起点，而苏氏《给儿子的信》是以“劳动”为中轴，两者殊途而同归。比如第 27 封信在讨论“如何让儿童体验劳动的快乐”时，苏氏说：“让孩子在花园里，或者在菜园里的某个地方拥有自己的一个美丽的小角落吧。”“愿你的幼小的孩子的生活充满对鲜活的和美好的事物、绽放的和盛开的事物的操劳和担忧吧。……愿你的小孩子在黎明时分走入花园，试着触摸小苹果树的细细的树干，为它裹上干草。愿你的孩子的心会为下面的状况而疼痛：春天的寒冻损害了桃树上的花朵，或者风暴肆虐时雏鸟掉出了巢穴。”

我认为，《给儿子的信》立意高远，内容丰富，思想深刻，文字优美，是有志于从教并成为教育家的年轻人的必读之书，是有志于成为一个高尚、高雅和高贵的年轻人的人生指南。

2020 年仲夏于武昌桂子山

（作者系全国人大常委会委员、中国教育学会副会长、国务院学位委员会教育学科评议组成员、华中师范大学教育学院教授）

学做“大我”“大雅”“大爱”之人

——刘永红等译《给儿子的信》序

赵凌云

教育是人类发展的基石，是社会进步的引领和人达于完美的砥砺。因此，“得天下英才而教育之”（《孟子·尽心上》）就成为了一个优秀教师的职业荣誉和人生期盼。

师范生是未来的人民教师。一个合格或优秀的人民教师应该具备什么样的品格和资质呢？读完苏霍姆林斯基《给儿子的信》，你就会知道，一个人民教师应该是杰出的教育家、渊博的学者、人生的导师，具有先进的理念、高远的眼光和深厚的积淀。

第一，学做“大我”“大雅”“大爱”之人。教育不只是教学生识字、数数、背课文，更重要的是培养人，塑造人，培养有高远人生目标的人，能够与祖国风雨同舟的人，造就有大气度、大担当的新时代的建设者和接班人。《给儿子的信》的第一封信就是写给刚刚离家去远方求学的儿子，充满了父亲的挂念和期盼。雏鸟初次出窝，放飞了之后怎么办？这是值得我们每一个家长和每一个同学深思的方向性问题。《给儿子的信》告诉我们，首先应该守住根本，根正才能苗红。“请不要忘记，你是谁，从哪里来。请不要忘记，我们的根是劳动人民、是土地、是神圣的面包……”信中话语透露出父母的拳拳之心，这些殷殷的心声应该成为儿子（每一个游学之子）约束离缰之势的戒尺和树立高远目标的警醒。其次，善于感受美、发现美和创造美，用美来涵养和规约自己的言行，“一个手里握着鲜花的人是不可能做坏事的”。

第二，学做又红又专的执著之人。这样的人勤于思想，不随波逐流；热爱真理，坚持信念，具有深刻的思想，能够用深情厚爱构筑宁静港湾。最为重要的是热爱祖国，愿意永远与她同呼吸共命运。

书籍是人类进步的阶梯。但是，如果没有人去阅读、阐释与发展，那么它就只能是一个个摆放在书架上或静卧在图书馆里的物件，失去生命，丧失教益。它需要有人为之付出辛劳。读书是学生的天职，读书是精神的旅行，读书也是艰苦的劳动。“如果你想成为一个真正的——有创造力的、善于思考的专家的话，那么在大学里的学习就是一件炼狱般艰难的事情。这里绝对没有任何轻松的东西。”热爱是最好的老师。它能在教与学中，“赋予知识以人性”，让学习“充满高贵和高尚的情感”。这样，知识和书本也就不再是冷冰冰的，枯燥的，拒人于千里之外的，而是我们的知心朋友和走出迷津的引路人。在全球化时代，如何成为一个高尚、高雅、高贵的人，这是我们的教育和自我教育应该关注的。

第三，学做用劳动成就梦想的人。劳动创造人，劳动创造一切。德育立魂、智育立心、体育立神、美育立情、劳育立身，劳动是德智体美劳全面发展的基座。人只有在劳动中才能经受磨难，感知艰难，体验收获的欢乐。"在人的劳动成果中，能够蕴含有美和美好的东西。"苏霍姆林斯基举例说，一个挤奶女工是普通的，但她却是生活的创造者。事实是"假如不是有这个普通的、平凡的挤奶女工的劳动"，就既不会有美妙歌曲和交响曲，也不会有科学上的大胆假说。专业不能只是我们"挣糊口之粮"的工具，而应该成为点燃我们人生火炬的"圣洁的火花"。"请努力追求完美"，努力成为一个专业扎实，业务过硬，又具有广泛国际视野、充分文化自信和娴熟的跨文化交流能力的时代新人，"这才是培养职业志向的正确道路"。

"行成师范，文为丽则"（《艺文类聚》五十二）。师范生是光荣的，肩负着为党育人、为国育才的重任。请细细品读苏霍姆林斯基《给儿子的信》，这是一本小书，但一定会"成为照耀你的生命的火花"！

（作者系华中师范大学党委书记、教授）

前　言

一

在家里、在学校，一个儿童、一个学生何以学以成人与教以成才？

这是教育的本质和追求，也是父母和教育工作者萦绕于心的宗旨，纠缠于情的永恒难题。它反映出一个民族的智慧和传统，国家的实力与根基，关乎家国的沉浮与兴衰。对此，俄罗斯起步稍晚，却成效卓著。

俄罗斯教育的兴起与发展受到三个让世界瞩目的重大事件的推动。

第一，国家君主层面的强国之梦。

俄罗斯自966年建国直至彼得大帝改革（1703年）之前700多年间，一直处于公国割据、外族入侵、武力扩张等内忧外患之中，虽有“红太阳”弗拉基米尔时期的“罗斯受洗”，伊凡雷帝统一全俄的辉煌，但由于专制农奴制的愚民政策，直至1917年的“十月革命”之前，除贵族外，全国的文盲率高达80%，根本谈不上建立系统的教育体系，形成完整的教育思想和教育理念。在这数百年间，影响最大的教育思想，只有一种规定日常起居的各种规矩的供训诫贵族子弟之用的《治家格言》（Домострой）。18 世纪初，彼得大帝开启了俄罗斯全面的改革之旅，打开了通往欧洲的窗户，引进了西方的科学、技术和教育，随后，伊丽莎白女王提倡西方的风尚和礼仪，叶卡捷琳娜二世主张开明专制，倡导西方的思想和观念，使俄罗斯走出了狭隘的、神权的和半中世纪的内陆国家，一跃成为具有通往西方的波罗的海和黑海南北两个出海口的、敢于傲视全球的国际大国，走向了理性时代。以彼得大帝和叶卡捷琳娜二世为代表的罗曼诺夫王朝十分重视教育，但主要是贵族的教育。比如彼得大帝 1717 年颁布的《青年镜鉴》（Юности честное зерцало），旨在规定社交、剑术、舞蹈等要求，以及法语水平；而学校则以（1）彼得大帝时代的军事学校，（2）伊丽莎白女王时代的莫斯科大学，（3）叶卡捷琳娜二世时代的斯莫尔尼贵族女子学校为标志，以塑造“新人”为宗旨，使俄罗斯的精神风貌焕然一新，挤进了欧洲皇室阵营。

第二，知识分子层面对“生命的意义”之思。

1812 年，俄罗斯发生了一件震惊欧洲的大事件：俄罗斯以落后而野蛮的专制农奴制打败“欧洲上空的雄鹰”拿破仑，以农奴为主体的俄罗斯农民军进入繁华奢靡的法国首都巴黎，赢得了 1812 年卫国战争的完胜。然而，两国在政治、经济和生活各个方面的巨大差距对这些胜利者的心理造成了难以磨灭的冲击。他们在惊愕之中惊醒了：十二月党人起义了，知识界，尤其是平民知识分子崛起了，形成了以关心国家命运和民族前途为己任的独特的俄罗斯知识分子群体，民族觉醒及其表达成为 19 世纪俄罗斯文化的主流。知识分子以著名巡回展画派的导师克拉姆斯柯依（Крамской）的名画《荒原上的基督》（Христос в пустыне）为精神导引，探索人类灵魂及民族命运，随时准备为真、善、公平牺牲自己，“到民间去”，唤醒民众，完成知识分子的历史使命。这反映在文学中是关注年轻贵族精英何以成为“多余人”时的痛楚，思考底层小人物的觉醒和解放时的对人民性的张扬，使文学成为俄罗斯社会的良心；表现在哲学中是对以神人为规范的对人们的精神引领。于是，这些以重塑国民为目标的开民心、启民智的运动，使俄罗斯 18 世纪的对西方的表面借鉴与模仿在 19 世纪爆发出了惊人的创造力和惊艳于世的成果。它们落实在教育上则是激发起对年青一代反叛精神的培育、对国民教育模式的深入探索与大胆实践。这时，出现了许多伟大的教育家，比如乌申斯基（Ушинский，1823—1870），代表作是《人是教育的对象》（Человек как предмет воспитания，1868—1869），提出民族性和教育对象完整个性的完善原则，被称为俄罗斯国民教育和教育科学的奠基人。

第三，社会主义时期的成功经验。

20世纪的社会主义苏联，以马克思主义为指导，以“一切为了人，一切为了人的福祉”（Всё во имя человека，для блага человека，1961）为口号，通过国家形式有计划地促进国民教育，以赶超西方发达国家为目标，推动教育事业的发展，创造了人类新的文明奇迹，成为世界文明的一极。在教育领域，1918年10月，颁布了《统一劳动学校的状况》和《统一劳动学校的基本原则》两个文件，面向大众，普及初等教育，改学制为五四制。由此，完成了三大伟业：（1）大力扫除文盲，普通大众的教育水平空前提高，1925年的识字率已经达到60%，工农速成中学为“工人进入高校架设消防梯”。（2）推动科技革命，进入科技时代。1950—1970年代，通过专业深化和相互融合，基础科学与应用科学并重，苏联的科学工作者的人数增加了近5倍，约占世界科学工作者总数的四分之一，在多个领域居世界领先地位。这又给教育创造了发展的机会。（3）完善教育体系，出现了完整的教育思想和著名的教育家。以电影《乡村女教师》为标志的教育观念大转变，尊师重教，视教师为人类灵魂的工程师。著名的教育家马卡连柯（Макаренко，1888—1939）提出了教育里的“高效劳动观”，因其教育实践活动及其纪实小说《教育诗篇》被称为苏联最著名教育理论家；柯罗连柯在波尔塔瓦师范大学度过了辉煌的师范生涯，留下了丰富的师范遗产，不止给求学青年，而且给整个一代天才的师范人以进入生活的准入证；而苏霍姆林斯基以其成功的中小学教育理论探索与教育实践经验而成为我们中国教育界最受欢迎的苏联教育家。

二

苏霍姆林斯基（Василий Александрович Сухомлинский，1918—1970），俄罗斯教育科学院通讯院士（1957），乌克兰功勋中学教师（1958），获得苏联社会主义劳动英雄称号（1968）。

苏霍姆林斯基一生热爱教育事业，勤于思考，敏于发现，善于写作，以青年的教养和教育为论题，共创作了30本书，发表了500多篇论文，被誉为苏联教育家，人民教育学的奠基人，在国内外获得了广泛的认可。1975年，苏联成立了世界苏霍姆林斯基联合会、国际苏霍姆林斯基研究者联盟，修建了帕夫雷什中学苏霍姆林斯基师范博物馆。

苏霍姆林斯基的一生是极不平凡的。

1918年9月28日，苏霍姆林斯基出生在乌克兰基洛夫格勒州奥努夫利耶夫地区的瓦西里耶夫卡镇的一个农民家庭，1970年9月2日，逝世于奥努夫利耶夫地区的帕夫雷什镇。农村中学毕业后，进入克雷缅丘格医学中专学校学习。1938 年，以优异成绩毕业于波尔塔瓦师范学院后，在乌克兰基洛夫格勒州奥努夫利耶夫地区的农村中学里担任乌克兰语言文学教师。

伟大的卫国战争（1941—1945）期间，苏霍姆林斯基于 1941 年应征加入红军，以中尉指导员的身份在西线和加里宁前线作战，参加了著名的斯摩棱斯克战役和莫斯科保卫战。1942 年 1 月，因弹片击中心脏，受重伤，但奇迹般地活下来了。从乌拉尔战地医院出院后，回归教育战线。1942—1944 年，担任乌德穆尔特自治共和国乌瓦镇中学校长。乌克兰获得解放后，返回故乡。

1944 年起，苏霍姆林斯基主持奥努夫利耶夫地区教育局工作。四年后，自 1948 年起至生命最后的日子（1970 年），一直担任奥努夫利耶夫地区帕夫雷什镇中学校长，长达 23 年。1955 年，通过副博士学位答辩，题目是《中学校长是教学—育人过程的组织者》（Директор школы — организатор учебно-воспитательного процесса），将其教育实践经验上升为理论形态。在这 23 年的时间里，经过辛勤的思考、实验、探索，形成了独特的以青少年教育为主体的教育思想和教育模式，成长为一名世界著名的教育家，把一个默默无闻的乡村中学转变成为一个真正的充满教育智慧的师范实验基地。

在整个 23 年的教育探索和教育实践里，他写下了一系列关于儿童、少年、青年做人和求学方面的著名的教育论著，如：《论教育》（О воспитании，1975）、《给儿子的信》（Письма к сыну，1979）、《心我交给孩子们》（Сердце отдаю детям，1972）、《给教师的 100 个建议》（Сто советов учителю，1981）、《怎样培育一个真正的人》（Как воспитать настоящего человека）、《父母必备的教育法》（Родительская педагогика）、《公民的诞生》（Рождение гражданина，1974）、《与年轻中学校长的谈话（Разговор с молодым директором школы，1973）、《集体的智慧权力》（Мудрая власть коллектива，1975）、《年青一代共产主义信仰的形成》（Формирование коммунистических убеждений молодого поколения，1961）、《中小学生的集体主义教育》（Воспитание коллективизма у школьников，1956）等。它们对教师、家长、孩子本人，以及班级、学校、家庭、社会等都极有指导意义和现实价值，成为人类青少年教育领域的无尽宝藏和共同财富。

三

古今中外，有人就有教育，有教育就需要教育思想和教育模式，无论是东方孔子的有教无类与杏坛模式，还是西方柏拉图的理想国与学园模式。千百年来，有无数的教育家提出了深刻而独特的教育思想，无数的教育实践者探索出了新颖而有效的教育模式，影响着教育的功能与走向，为人类的进步做出了巨大的贡献。苏霍姆林斯基就是其中一个出类的范例。

苏霍姆林斯基的成功在于他一生都在致力于对孩子及其个性的教养与培育，全身心地投入孩子的教育事业中。在《心我交给孩子们》这本献给儿童世界的书中，他写道：人们若问，“我一生中的主业是什么？我可以不假思索地回答说：对孩子们的爱”。他认为，教师应该成为孩子的像母亲一样亲切喜爱的人，这样，孩子在教师身上所见到和渴望见到的是彼此信任、人性和善良，由此，他们会信赖老师，喜爱学校，自觉学习，努力成才。为了培育孩子们的自尊心和公民感，他提出了许多科学的思想，积累了丰富的教育实践经验。

概括起来有三点：

第一，坚持共产主义育人理想。

共产主义在他的心中不是仪式和义务，而是一种信仰，真诚而纯洁。在《共产主义教养专论》（Этюдах о коммунистическом воспитании，1967）等著作中，他认为，共产主义是人类社会发展的最完美阶段，共产主义的育人理想应该是培养“会思想的个体”，是具有清晰的智力、崇高的理想、纯洁高贵的心、灵巧的双手及个人幸福的全面发展的新人。在《给儿子的信》的第 13 封信里，他写道：

"教育实质上就在于这样一点：努力压制自己身上的动物本能，发展一切人性的东西。而人性的顶峰就是共产主义教育。"应该培育高水平的、爱劳动的、坚忍不拔的、能够克服任何困难的新人。

首先，应重视培育孩子们心中的民族观和审美观，让最优秀的民族传统走进学生的心中，并成为其神圣的法则。通过自然美塑造孩子的精神美，让每一个学生成为一个小小哲学家，通过大自然之美思考世界。缺乏对美的感知和思考，就对整个的崇高和高尚隔膜无知。共产主义新人应充满智慧的人类之爱、生活的智慧和自我控制的智慧。

其次，培养孩子的自信心和责任感。共产主义教育哲学里存在着深刻的辩证法，各种教育元素的相互渗透，互为因果，比如教育任务、教育内容、组织形式、教育方式、教育方法、教育手法等，依据年龄的变化，以引领孩子们走进知识的海洋，发展他们的创造性思维和对自身力量的信心。缺之其一，教育大厦将会坍塌。如果一个学生没有学习的愿望，教师的任何努力都会化为泡影。教学过程应该给学生送去真正的快乐，把学习这个最严肃又最辛苦的劳动变成同时是巩固孩子精神和体力的快乐的劳动，而学习的愿望只能伴随着学习上的成功而出现。哪里有成功所诞生的灵感，哪里才有学习的兴趣。这样，才能使坐得住转变为孩子自发的学习动力。

第二，倡导人文主义教育原则。

教育的第一位的和最重要的目的是人，教育的本质不是权力与服从，而是尊重与爱。不是学生在学校获得了一系列知识，而是这些知识在未来将生活在他们心中。苏霍姆林斯基一生都在致力于培育人，培育大写的人。让学生不只是上学，而是经历生活的磨练。他提出，对学生的真诚的爱和真正的教育艺术是一体两面。最重要的是教育孩子尊重他自己，感受到自己的尊严，这样，他才能成为一个维护公正的战士、一个真正的爱国者、一个能够为国捐躯的公民。

师范教育是一门崇高的艺术，植根于理论知识、对客观教育规律的有意识运用，但同时要求展现教师的个性、灵感、首创性、应变力、发明力。他把教师职业称作“人学”，以此强调，教育工作者应该经常渗入学生的复杂的精神世界中去，打开某种新的东西，欣赏这些新的东西，在人的形成过程中看见人。

教师应该有使命感。教师在学生的人生中极其重要。先成为学生的朋友，然后做他们的老师。教育孩子们清晰的世界观和情感修养。在其著作《心我交给孩子们》里，他描写了两种学校：对于六岁儿童的“快乐学校”和对于其他年龄的“人文学校”。评价应该总是正面的，是对劳动的奖赏，而不是对懒惰的惩罚，应尊重“孩子的无知”。刚开始，一个月、半年、一年，孩子可能有点差，但是时间一到，什么都会了。“孩子的意识是一条强大而缓慢的河流，每一条都有自己的流速。在真诚和善意的氛围里，孩子们会成长为发自内心地尊重周围的一切，不是为了作秀，为了获得表扬，而是为了在人前保住尊严。”

童年是一个特殊的世界。此时，孩子们对世界有一套自己的看法，比如对善与恶、荣誉与非荣誉、自尊心等，对美有自己的标准，有自己的时间观。对孩子，唯有真诚的爱和真正的教育艺术。孩子用形象思维。这是向概念思维过渡的必由阶段，应通过具体形象以感知抽象的概括。智力的训练离不开理论思维，而鲜活的观察是其达成的手段。

第三，重视劳动的育人功能。

爱劳动是道德面貌的最核心面，应在体力劳动，也在脑力劳动、情感和意志力的实践里培育。一个有教养的人做任何事情都会更有创造性、更快乐。体力劳动是集体中个性发展的健康基础的保障。经验表明，善良感情之根来自童年，而人性、善良、可爱、善愿则诞生于劳动、操劳、对周围世界的美的关注之中。

苏霍姆林斯基把教学过程建设成为快乐的劳动，极其关注学习者世界观的形成，关注教学中教师语言、讲课的艺术风格、让孩子接触文学作品的重要作用。劳动教育与教学过程相互关联。学习应该从劳动的教育开始。上学伊始，就应该学习尊重劳动，特别是体力劳动，学会从汗水和疲劳里感知快乐。完成力所能及的任务，让集体劳动成为孩子们的快乐。童年并不是不断的休闲。劳动中，展示出人际关系的财富和美好。劳动可以揭示孩子们的天性和爱好，点燃这些天性，会爆发出灿烂的火花。如果一个孩子在服务他人中付出了劳动，并获得了快乐，他是不会变成一个坏人的。以劳动为中心的道德教育、审美教育、智力教育和生理教育，是个性和谐发展的本质。

劳动创造了人。劳动教育是俄罗斯/苏联教育理念中的一个核心词。俄罗斯著名教育家乌申斯基写有专文《劳动在心理和教育上的作用》（Труд в его психическом и воспитательном значении），苏联第二次教育改革（1931—1940）拟用劳动教育的方式建立“统一的、劳动的综合技术的学校”。伟大作家契诃夫在《万尼亚舅舅》中写道，“游手好闲是不干净的”，而“人的一切都应该是美的：脸，衣着，灵魂和思想”。这美来自于劳动。

苏霍姆林斯基的教育格言是：“人的精神力量是没有止境的（Человеческой силе духа нет предела）。”

四

《给儿子的信》是苏霍姆林斯基全部教育思想

与经验的浓缩。这些书信是教育性质的，着重于青年人个性的道德形成，提出了年青一代的道德信仰发展的教育建议，包括道德观、道德责任、生活价值观、自我教育、人的真正的美、爱情等。全书共30封信。每一封信讨论一个与青年大学生有关的人生问题。他的信不仅帮助父母，而且帮助教师更好地认识孩子的心灵世界，成为影响孩子们的手段。这些取之不尽的智慧建议帮助父母和教师在教育过程中创造真正的奇迹。

深入浅出，有理有据。

第一封信的核心思想是告诫儿子走进大学伊始所应注意的事项，即三个关键词：面包、劳动和人民。

第二封信中讨论的是告诉儿子如何面对生活里的不良现象。

第三封信中讨论的是鼓励儿子勤于思考，热爱有思想的生活。

第四封信中讨论的是理想的人生必须承受失败，英雄的成长必须经历磨难。

第五封信中讨论的是如何确立专业志向。

第六封信中讨论的是如何通过创造性的劳动实现志向。

其余的分别讨论大学里的考试、对科学和宗教的态度、做人与学习的关系、精神境界的培养、自我教育的高度与方式、受挫中的抗打击能力、集体生活与情感培养、对女性的尊重、对女性之美的爱护等等。

其中对爱情、婚姻、家庭生活中的道德美学着笔很多，这是青年大学生无法回避又容易迷茫和迷失的地方。在第 17 封信里讨论了爱情伦理，在第 18 封信里讨论了家庭教育。清晰地告诫儿子理智和意志力与性的欲望的关系，坚决反对性生活的放纵（распущенность）和“爱的开放”的丑恶现象，以及“情感至上”的奇谈怪论，而心灵之美和道德依恋感才是两情相悦的根本依据。他告诫儿子：“纯洁的爱情带给男青年以精神成熟，而轻浮的爱情、寻欢的爱情则会使他堕落。那些在婚前就知道并经历过身体的亲密接触的人，进入社会后就会是一个精神上空虚的人。……爱侣之间的精神交流的最高乐趣，就在于智力和美感的相互充实。”这里，最为重要的是人自身的意志力、自我节制力和责任感，体现在对“可以、不行和应该”这三个情态词的选择上。他十分重视情感的教养，认为，“高层次的教养程度远不总是和受教育的高水平相吻合的。十足的无知和没有教养常常出现在那些受过高等教育的人，甚至获得了学位的人身上”。

第 28 封信的内容是大学生应认真遵守十五条戒律，在第 29 封信里引导学生围绕“人活在这个世上是为了什么？生命的意义究竟在何处呢？为照耀别人，请燃烧自己”话题，思考和理解人生的价值，并积极行动。

最后，回答了儿子提出的三个问题：（1）共产主义社会的人将会是什么样的？什么样的特征我认为是未来的人类身上最为重要的？（2）什么样的道德缺陷我认为是目前最危险的、最不能容忍的？（3）依我看来，在教育青年一代的工作中最严重的不足是什么？

书中有许多格言，如：磨砺人性的是美（Оттачивает человечность красота）。祖国是你的摇篮，是你的家，是你幸福的源泉（Родина — это твоя колыбель，твой дом，очаг твоего счастья）。爱情的道德纯洁性是人类灵魂的一面镜子（Нравственная чистота любви — это зеркало человеческой души）。游手好闲是美的敌人（Безделье — враг красоты）。那种没有被内在的精神美点燃的美丽，很快就会在丈夫眼里黯然失色（Не одухотворенная внутренним богатством красота вскоре поблекнет в глазах мужа）。十足的无知和没有教养常常出现在那些受过高等教育的人，甚至获得了学位的人身上（Дремучее невежество и бескультурье бывает у людей，имеющих высшее образование или даже ученую степень）。它们展现了作者崇高的思想境界、丰富的生活阅历、深刻的哲学头脑和高超的语言能力。这成为本书的翻译难点，也是我们坚持翻译的兴奋点。

五

苏霍姆林斯基的《心我交给孩子们》《公民的诞生》《给儿子的信》按照主题构成一个关于个体个性形成的独特的三部曲：《心我交给孩子们》为开端，内容涉及幼儿园和小学的学生；《公民的诞生》为延续，内容涉及中等学校的学生；而《给儿子的信》为结语，内容涉及高等学校的学生。

本书依据的版本是莫斯科教育出版社 1979 年版（М.：Просвещение，1979）。

全书为书信体，是以父母教诲的口吻写就的，亲切自然，语重心长，情深义重，虽然句句是教诲，却没有一点说教的枯燥。书信往来是无价的源泉。它能够揭示人的真正本质，展示其偏爱和想法、内心世界的细腻情感。书信好像是自己与自己，同时又与对方的一次对话。正因为如此，才能够让那些有时难于当面说出口的话语摆脱心灵和杂念的羁绊，从心中和盘托出，既表达自己的生活状况，又易于获得建议和提出建议，不显山不露水地调节对方的行为。

所以，翻译时，我们采用“信”“达”为主，偶尔为“雅”，也就是，努力忠实地传达出原作的育人精神和理念，又保留原作的亲切而真挚的父母情怀，以及作为公开书信的公信力和可读性，以扩大本书传播的时空边界，保障其寓教于美的教育功能。

翻译中，有两点是可供言说和就教于方家的。

第一，关键术语的翻译问题。

语言虽然有了无数的定义，比如人类思想观念的符号系统，人类重要的交际工具，人类文化的重要载体，但是，对于具体的使用而言，语言更多的是一种索引，也就是说，不同的字词会把交际对方引向不同的思想方向，产生与该词有关的交际效果，比如，以“请君入 X”为例，“请君入定”指佛教修行，“请君入彀”指受人操纵，“请君入伙”指加盟或吃大锅饭，“请君入列”指进队列，“请君入梦”指睡着，“请君入闱”指进考场，“请君入席”指按位次就座，“请君入瓮”却是个成语，指用某人之毒法整治他自己，等等。

翻译中更是这样。同一个词语，在目的语中会有若干个同义词语，而不同的同义词又分属于不同的同义词列，于是，就引起不同的思想方向，甚至迥异的意义指向和情感体验。比如，iconicity 的含义是“形象性图像”，却被翻译为“摹象性、相似性、象似性、临摹性”等，而每一种译文会有不同的意义联想。

因此，必须在“信”“达”的基础上，合理挑选，以保证符合或尽可能接近原意。

具体到本书的翻译，情况也是如此。这里仅举两例。

例证一：женственность 的翻译。

在第 20 封信中，作者深情而崇高地讴歌女性之美，将之比作天地间最美最动人的造物，出现了 женственность，женственны，женская красота 这样的三个词语，赞美女性，其中 женственность 共出现了 11 次之多，是整封信里的主导词，不易处理，又必须处理。

женственность 这个词在 Ожегов 的《Словарь русского языка》（1982 年版）第 171 页是附属在形容词 женственный 这个词之后的，而 женственный 的释义为：с качествами，свойственными женщине; мягкий，нежный，изящный；在黑龙江大学《大俄汉词典》（1995 年版）第 498 页被直接转释为："女性特征、女人气（质）、温柔、娴雅、纤秀。"后者的这个词义转释，如果代入下列任何一个句子，都会使苏霍姆林斯基发自内心深处的由衷的赞美之情大打折扣。而且，"女性特征"的释义太过平淡与冷漠，也并不完全符合 Ожегов 词典的原意，качества 的本义是"品质"，如果直译为"女性品质"似更贴切；"女人气（质）"这个转释比较好，但是"质"字却被加上了括号，这样就只剩下"女人气"三个字了，而"女人气"在汉语里的联想往往有贬义色彩，如：虽然她也意识到这种心理有些女人气，但要看到与自己有关的这部分日记的欲望却愈益强烈了（张清平：《林徽因》，北大语料库）。而“温柔、娴雅、纤秀”只是女性的单个品质，不足以传达女性的整体美。

Самая возвышенная в мире красота — женственность.（世界上最崇高的美是女性美。）

Умей ценить женственность в девушке.（请善于欣赏女孩身上的女性之美。）

Женственность — это самое высокое выражение человеческой красоты，в этой красоте — рождение новой жизни，развитие，цветение.（女性是人类之美的最高表现，在这种美中一个新的生命在诞生、长成和绽放。）

Подлинная женственность как сочетание красоты духа и тела родилась в трудовом народе.（真正的女性美是心灵美和身体美的结合体，诞生在劳动的人民之中。）

Женственность — это духовная сила женщины，сила，воспитывающая не только детей，но и нас，мужчин — мужа，сына.（女性——这是女人的精神力量，它不仅是用以教育子女的力量，而且是用以教育我们这些男人——丈夫、儿子的力量。）

其实，женственность 这个词很不简单。它是女性之美的集合词，是对女性之美的整体描绘。从俄罗斯文化传统上看，它有俄罗斯东正教里圣母崇拜的遗风；从俄罗斯哲学上看，是俄罗斯代表性哲学流派“宗教哲学”的核心概念，即俄罗斯著名宗教哲学家索洛维约夫的“永恒的女性”（Вечная женственность）；从俄罗斯文学上看，它是俄罗斯白银时代象征主义的诗歌底色，如勃洛克的《美妇人集》；从俄语构词法上看，它是一个以-ость结尾的抽象名词，具有集合性，是对根词所具有的类型特征的集中呈现与说明，即柏拉图所谓的“使美成为美的东西”。这种以-ость结尾的俄语词汇在汉语里让我们最为熟悉的莫过于“文学性”（литературность）这个术语了。查阅资料，我们的学者广泛使用这个词，却未见有人追根溯源，厘清这个词的今生前世的。如果从字面上看，就是“使文学成为文学的东西”，而从Ожегов的《Словарь русского языка》（1982年版）第288页的词典释义上看，却是指一种语言中符合“标准语的规范”（нормы литературного языка）的东西。

经过反复斟酌，我们选定将женственность根据语境需要，分别翻译为：女性、女性美，美丽的女性。

我们再讨论例证二：воспитание，образование和педагогика的翻译。

全书里，воспитание，образование和педагогика这三个词构成汉语里的同义词“教育”，而它们的出现频率非常高，成为全书的关键词。据统计，（1）以воспит为查询标记共得226个结果，其中，

воспитание 的出现频率为 117 次，воспитатель 为 5 次，воспитательный 为 10 次，самовоспитание 为 40 次，воспитать 为 3 次，воспитывать 为 51 次；（2）以 образование 为查询标记共得 23 次；（3）以 педагог 为查询标记共得 20 次，其中，педагог 为 9 次，педагогика 为 5 次，педагогический 为 6 次。这样的高频率，如果在翻译上只依赖词典释义，是难以奏效的，也就是，如果不依据上下文而翻译，就会把读者领入与作者思想异步的轨道，导致原作思想失真。

这里只以 воспитание 作为讨论的重点。

在 Ожегов 的《Словарь русского языка》（1982 年版）第 88—89 页，动词 воспитать 的释义有三个：（1）Вырастить，дав образование，обучив правилам поведения. ～ ребёнка；（2）Путём систематического воздействия，влияния сформировать чей-н. характер. ～ хорошего бойца；（3）Привить，внушить что-н. кому-н. ～ в детях любовь к родине；而 воспитание 的释义有两个：（1）*см.* воспитать；（2）Навыки поведения，привитые семьей，школой，средой и проявляющиеся в общественной жизни. хорошее ～；коммунистичекое ～。查看黑龙江大学《大俄汉词典》（1995 年版）第 222—223 页，воспитать 被直接转释为：（1）教养，教育 ～ребёнка 教育小孩。（2）培养，培训 ～ из себя коммуниста 把自己培养成

共产主义者。(3) 使养成（某种思想、习惯等）；教导 ～ в детях горячую любовь к Родине 培养孩子热爱祖国。而 воспитание 则被直接转释为：（1）教养，教育，培养；抚育，抚养 ～ сына 儿子的教养；коммунистическое ～ 共产主义教育。（2）修养，教养 пример ～я 教养的模范。

综上可见，воспитание 一词的本义是“教养、修养”，是指用两种方式，即 дав образование（给予知识教育）和 обучив правилам поведения（教导行为规矩）。把孩子养大成人，是一个地地道道的褒义词。换句话说，образование 多指知识教育，而 воспитание 是指知识和行为的全方位教养。但是，“教养”一词在汉语的民族语用心理里却是负面的，比如 трудовое воспитание 在俄语里的意思本来是“劳动教养”，在本书里也是指培养孩子对劳动的热爱，非常正面，但是在黑龙江大学《大俄汉词典》(1995 年版) 第 222 页的例证里却被翻译为“劳动教育”。虽然如此，我们在译文处理时，尽量使用“教养”的译法，如 коммунистическое воспитание 宜译为“共产主义教养”，一是为了保障原作的主要思想；二是努力矫正汉语里对“教养”一词的某些偏见，以形成正确的教养观。这对我国现在的青年人教育极有现实意义。

在本书里，与 воспитание 相联系的主要有这样几种情况：（1）形容词 воспитательный，如

воспитательная задача вуза（大学的教养任务）；（2）动词 воспитать 和 воспитывать，如 сама жизнь воспитывает（生活自己会教育的）；（3）名词 воспитатель，如 миссия воспитателя（教养者的使命）；（4）动名词 воспитание，如 воспитание эмоционально-эстетическое（情感审美教养）等。在本书里，有时，构成完全对等的同义词，如 гуманитарное образование 与 гуманитарное воспитание，这时可以翻译为“人文教育”。

第二，作者风格的翻译探索。

翻译，是一种点面结合的操作，是字斟句酌、谋篇顺境的制作，而终极目标却是努力完整地传达出原作的精神面貌、用语艺术、行文风采，达到“格式塔”式的完形效果。这是一种理想的境界，这种高境界在我们汉语里一般被冠之以“风格”，所谓“风格”即人（作者）。在本书的翻译中，我们也努力做了尝试。因为，任何一种译文孤立地看，都是最好的，或者说，无所谓褒贬，只有放入具体的语境之中，才能判别其是否合情、合理、合适。但是，无论如何，作为书信体的翻译，做到行文的自然、流畅，用语亲切、真诚，总应该是一个基本的要求和目标。

这里试举两例。

例证一：第 22 封信中的一段。

原文：Человек стал Человеком потому, что

увидел глубину лазурного неба, мерцание звезд, розовый разлив вечерней зари, багровый закат перед ветреным днем, трепетание марева над горизонтом, бесконечную даль степей, синие теки в сугробах мартовского снега, журавлиную стаю в голубом небе, отражение солнца в мириадах капель утренней росы, серые нити дождя в пасмурный осенний день, фиолетовое облачко на сиреневом кусте, нежный стебелек и голубой колокольчик подснежника — увидел и, изумленный, пошел по земле, создавая новую красоту.

译文一：人之所以为大写的人，是因为他看到了高远的蔚蓝天空，闪烁的星光，漫天绚烂的蔷薇色晚霞，刮风天前火红的黄昏，地平线上若隐若现的海市蜃楼，无边无际的草原，寒冬三月积雪里的青色阴影，在蔚蓝天空中飞翔的群鹤，反射太阳光辉的无数颗清晨的露珠，阴沉晦暗秋日里绵绵如丝的细雨，丁香花丛中的紫色云团、娇嫩欲滴的雪莲花花茎和蓝色的风铃草，他看到并震惊于这一幅幅美景，他走在大地上，去致力于创造新的美。

译文二：人之所以为大写的人，是因为他看到了高远蔚蓝色的天空，夜空中闪耀的灿烂星光，漫天耀眼的金色彩霞，刮风天前被落日映红的黄昏，海天相接处那若隐若现的海市蜃楼，茫茫无际的草原，三月积雪里凛冽的阴影，在辽阔天空中飞翔的群鹤，在阳光下灼灼发光的颗颗露珠，阴霾天气里的绵绵秋雨，丁香树丛里的紫色云团、娇嫩的向日葵细杆和蓝色的风铃草，他看到并震惊于这一幅幅美景，他走在大地上，去致力于创造新的美。

译文三：人之所以成为大写的人，是因为人看见了蔚蓝天空的深邃，星光的闪烁，黄昏晚霞的粉红色泛漫，多风天将起的火红晚霞，地平线上海市蜃楼的若隐若现，草原的无边无际，三月雪堆里的蓝色阴影，蔚蓝天空中的群鹤，太阳在清晨无数露珠上的映照，阴沉的秋日里灰色雨线，丁香花丛中的紫色气团、雪莲花的温柔的小花茎，还有浅蓝色的小铃铛——人看见了这一切，惊叹莫名，沿大地漫行，以创造新的美。

第 22 封信是作者和儿子讨论了友谊与爱情后十分重要的一封信，谈论的是人自身的美及其表现与成因。作者认为，人在发现了大自然之美后，开始关注人自身的美，把美视作深刻的人性，而女性之美是人类的美的顶峰。人的美是由外在的健康和内在的高尚的和谐构成。它由灵魂的光芒来照耀，由辛勤的劳动来创造，是“人的道德尊严的审美表达”。本处所选段落正是作者对大自然美妙景色的高扬，用以证实人类对美本身的觉悟和美感的起源。根据段落的景点，可以想见，作者站在宽阔的平原上，放眼天地间，眼前一幕幕浮现出季节更替时的风雨雪霜，时空转换里的日月星辰，远方的云霞，近处的花草，以及由此激发出的创作热情，并用一组描绘性名词勾画出来，即 глубина — мерцание — разлив — закат — трепетание — даль — теки — стая — отражение — нити — облачко — стебелек — колокольчик，而具体的实物名词则处于从属位置，以突出自然美在色彩、形状和结构上的魅力。据此，我们可以对照这三个译文。它们都很好地传达了原文字里行间的创作意图：在对自然美的惊羡里萌生高尚的情操，享受生命的欢乐。相比之下，译文一关注的是：天空—星光—晚霞—黄昏—海市蜃楼—草原—阴影—群鹤—露珠—细雨—云团—花茎—风铃草，虽然译出原文的美景，却与原文的美景呈现重点不完全吻合。译文二与译文一的手法接近，但是更偏于意译，个人发挥的余地过大，淡化了原作将自然美作为人性美的背景功能。因此，我们采用了译文三。译文三（1）基本遵从原作对自然美景的视觉重心，突出的是自然美的景物的特征，如天空的深邃、晚霞的泛漫、草原的辽阔、灰色的雨线等；（2）重视原文里颜色词在汉语里的等值效果，即 лазурное небо ——蔚蓝天空，розовый разлив ——粉红色泛漫，багровый закат ——火红晚霞，синие теки ——蓝色阴影，голубое небо ——湛蓝天空，серые нити ——灰色雨线，фиолетовое облачко ——紫色气团，голубой колокольчик ——浅蓝色的小铃铛等；（3）在词语选择上，尽量选用词语的直义，以保证原作的词义表述，增加由此引发的联想；减少不必要的铺陈和发挥，以突出自然美景本身，避免造成对原作的过多改造。因为，一次成功的翻译应该是作者形象与译者形象的自然转换，是两者的心灵交流，虽然两者在各自的作品里都是隐藏的，译者不应该为了突出自己而改变、减损甚至歪曲作者。如果抓住了作者的立意，再根据作者对主题的态度，遣词造句，字斟句酌，那么，世间就不会有翻译次品了。

总之，翻译，无论从理论还是实践上看，都是一件技术活，但更是一件需要经验和责任心的工作。朱光潜先生的翻译观（研究什么翻译什么）应该成为翻译之圭臬。

书信的文学教育功能是世界各民族共有的精神财富，应用广泛。著名人物，如教育家、科学家、文化名人的书信是无价的宝库，它们反映了我们历史的某些片段。在其中可以找到别处难以言说的东西。信息技术的发展导致当代的孩子们逃避与成年人的直接交流，更喜欢通过网络空间与同龄人交往，而可惜的是，我们这些成年人很少借助于书信的形式与孩子们交流。陈述于纸上的想法和思想可以更完整地呈现给对方，更完整地表达自己当下的不安，尤其是亲人之间。如果一个人封闭于日常生活的小圈子里，那么书信就是对这种沉默少语的有效补充。这时，信纸就能够让人明白人的真正的本质，特别是有创造力的人的本质。

写书读书几十年，我们不禁由衷感叹：一本书从选题策划到实施问世极见品味、眼光和功力，因此，我们衷心感谢华中师范大学出版社周辉辉社长在本书的翻译出版上的高远境界和对莘莘学子的拳拳之心；感谢周洪宇教授、赵凌云教授在百忙之中满怀对当代年轻人和未来教育者的殷切希望撰文力荐本书。

今天是冬至日，是一个冬天高扬而春天低调的界点，是一个能够听到新春脚步声的界面。

我们希望我们的译文没有辜负我们的努力和您的期待。

谢谢！

译者

于武昌桂子山

新绿奋萌的季节

目　录

第一封信 …………………………………… 001
第二封信 …………………………………… 007
第三封信 …………………………………… 011
第四封信 …………………………………… 021
第五封信 …………………………………… 027
第六封信 …………………………………… 034
第七封信 …………………………………… 039
第八封信 …………………………………… 042
第九封信 …………………………………… 046
第十封信 …………………………………… 055
第十一封信 ………………………………… 059
第十二封信 ………………………………… 065
第十三封信 ………………………………… 076
第十四封信 ………………………………… 082
第十五封信 ………………………………… 088

第十六封信 …………………………………… 093
第十七封信 …………………………………… 099
第十八封信 …………………………………… 110
第十九封信 …………………………………… 115
第二十封信 …………………………………… 122
第二十一封信 ………………………………… 127
第二十二封信 ………………………………… 133
第二十三封信 ………………………………… 141
第二十四封信 ………………………………… 150
第二十五封信 ………………………………… 159
第二十六封信 ………………………………… 165
第二十七封信 ………………………………… 175
第二十八封信 ………………………………… 187
第二十九封信 ………………………………… 196
第三十封信 …………………………………… 203

第一封信

亲爱的儿子，你好！

这下你终于像小鸟一样飞出了父母的巢窝，在大城市里生活，在大学里读书，大概觉得自己已经是一个独立成熟的人了。根据我的个人经验，我知道，由于正在被新生活疾风骤雨式的变化所吸引，你此刻很少想起老家的事情，很少想起我和你的母亲，甚至几乎也不想念我们了。稍后，当你对生活有了一些认识，这种对亲人的思念之情自会油然而生的。

这是我写给远离父母身边的儿子的第一封信。希望这封信能够伴随你终身，希望你保存好它，反复阅读，认真思考。我和你的母亲都知道，每一代年轻人对父母的教诲总多少抱有一种不以为然的态度。他们往往说：你们这些老年人看不见也不理解我们年轻人所看见和理解的东西。或许，情况果真如此……也许，你读完这封信后，会顺手就把它远远地扔到随便什么地方，以便它不太让你想起父母那些没完没了的说教。那么好吧，你就扔吧，但请你好好记住，信被扔到哪里了，夹放在哪本书里了，因为总有这一天，当你想起这些教诲的时候，你会告诉你自己：还是父亲说得对呀……于是你会自觉地把这封被忘怀了的旧信重读一遍的。你会找出它，读完它。因此，请一辈子都收好它。

我也一直保存着父亲给我的第一封信。我飞出父母的巢窝的时候，年仅15岁，是到师范学院上学。那是艰难饥馑的1933年。母亲送我去参加入学考试时的情景至今记忆犹新。母亲用一条干净的旧头巾包裹好一块压箱底的新的粗麻布和一包食品：几块用土豆皮和麦麸子烤成的饼子，两杯子炒黄豆……这是母亲当时能够送给我的所有东西。

我开始了我的学习生涯。当一个人饥肠辘辘的时候，还要学习知识，难啊，真的很难啊！但是转眼，秋收的新粮接上来了。我永远也不会忘记那一天：当母亲托人给我捎来了第一个大面包，用新黑麦烤好的第一个大面包啊！转交面包给我的人是马维特老爹，他是农村供销社的马车夫，每个星期他都要进城采购货物。大面包放在一个干净的亚麻布口袋里，软绵绵的、香喷喷的，带有一层松脆的面包皮。而在面包旁边放着的是一封父亲的信，这就是我在此谈及的父亲写给我的第一封信。它作为第一个训诫一直保存在我身边……“请不要忘记，我的儿子，不要忘记耐以糊口的面包。我不相信上帝，但是面包我总是称之为圣物。但愿它对你也一辈子都是神圣的。请记住：你是谁，你从哪里来。请记住：这面包的成形是多么不容易。请记住：你的爷爷，我的父亲奥梅里柯·苏霍姆伦曾是一个农奴，他是手扶着耕犁死在庄稼地里的。永远都不要忘记我们劳动人民的根本。不要忘记，当你此时正在学校读书的时候，有人却正在劳作，正在为你制作糊口的面包。即使将来你学成毕业，当了老师，也请不要忘记这糊口的面包。面包是人类付出的辛劳，也是对未来的希望，面包是一个尺度，这尺度会永远衡量着你和你的子女们的良心。”

儿子呀，为什么我要给你写这些呢？在日常劳作的忙碌中，我不把这些细节原原本本地告诉你，这是不好的，而记住这一切却是你应该做的。我跟你重复的这一切都是我的父亲曾对我耳提面命的：请不要忘记，你是谁，从哪里来。请不要忘记，我们的根是劳动人民，是土地，是神圣的面包……

在我们的语言中有数以万计的词汇，但是应该放在第一位的我认为是这三个词：面包、劳动和人民。这是我们国家赖以支撑的三根支柱，是我们这个制度的本质。这三根支柱是如此牢固地交织在一起，以至任何时候都既不可能将它们割断，也不可能将它们分开。谁如果不懂得面包和人民的意义，那么他也就不再是人民的儿子，也就丧失了人民的优秀的精神品质，成为脱离集体的人，无个性的人，不值得尊重的人。谁如果忘记劳动、汗水和疲劳意味着什么，那么他就不会珍惜粮食……

我感到自豪的是，你知道在农田劳作的情形，知道面包的来之不易。你是否还记得：五一劳动节前夕，我到你们班上去（好像当时你们正在念九年级）转达集体农庄机械师们的一个请求：请给我们换换班吧，在这节假日期间的田地里，我们需要休息休息了。你还记得吗：当时你们所有的人，年轻人都极不情愿，不情愿地脱下节日的盛装，换上工人的连衫裤，坐上拖拉机，手握方向盘，当一名拖车联结员！但是，当两天的劳动结束后，当你们回到家中，感到自己是一名劳动者的时候，你们的双眸在闪烁着骄傲的神采啊！

我是不相信那种，我姑且称之为，“巧克力式”的共产主义观的，即所有物质财富会极其丰富，人的一切都有充分的保障，人似乎只要挥一下手就什么都有了，任何东西人都可以如此轻而易举地获得。……假如一切都果真如此，那么人或许真会变成活腻味了的动物吧。幸亏，这种情况不会发生。人什么东西都无法得到，如果他图悠闲、不努力、怕流汗、少劳累、没有焦急、缺乏忧患意识的话。即使进入了共产主义社会，手上也会磨满老茧，日以继夜的劳作也会无数。因此，那让人们赖以持久的最重要的东西是他的智慧、良心和人的尊严，这也是他赖以永远汗流浃背地获取面包的东西。人们总是难以遏制地渴望，希望大地能够给予他越来越多——由此形成人类面包的永恒根基。

因此，这个根基每个人都应该由衷地珍惜。你来信说，不久你们将要被派往农庄参加劳动。这非常好，我对此非常非常地高兴。请好好地劳动，不要有负于你自己，不要辜负了我，也不要辜负了同学们。不要挑三拣四地去选择那些更干净更轻松的农活，而要选择那些直接在田野里、在土地上的劳作。铁锹也是劳动工具，它可以让你大显身手。

暑假的时候，你可以到我们自己农庄的拖拉机队里劳动。

“根据麦穗就可以了解那个种麦子的人”，你大概很熟悉我们乌克兰的这句谚语。每个人都会为自己为别人的付出而自豪。每个诚实的人都想在自己种植的麦穗上留下自己的印记。我在尘世间已经活了近五十个年头，因此我坚信，这种愿望在田地里劳动的那些人的身上表现得最为鲜明。让我们一起期盼你的第一个大学暑假的到来吧，到时候我会让你结识附近农庄的一位老人，他栽种苹果树苗已经有三十多年了。这才是这一行里名副其实的艺术家。在他培育的树苗的每一个枝桠上，每一片树叶上，他都能够看到他自己。假如今天我们每一个人都能如此，那么就可以说，我们达到了共产主义的劳动境界……

祝你健康、美好、幸福。

吻你。

你的父亲

第二封信

亲爱的儿子，你好！

你从集体农庄寄来的信已经收到了。它让我非常激动，彻夜未眠。我在思考你这封信的内容，当然也在想你。

一方面，非常好的是，你信中提到的那些经营无序的事实让你深感忧虑：集体农庄里有一个上等的果园，然而已经有上十吨的苹果用来喂猪了；约三公顷的西红柿在地里没有收摘，而集体农庄主席竟然已命令拖拉机手们翻耕这片作物区，好让它一点痕迹也不留下。

但是另一方面，让我感到惊讶的是，对此在你的信中却只有困惑不解，仅此而已，只有面对这些令人愤慨的事实的张皇失措。

结果又如何呢？你在信中写道："早晨当我看到这块地被翻耕过了的时候，我的心差点就从胸口中蹦出来……"那么后来怎么样呢？你的心到底怎么了？看来，它逐渐平静下来了，并且像往常一样开始平静地跳动了吧？而你那些同学的心呢？大概谁的心都没有从胸膛中跳出来吧？糟糕，这非常糟糕……你或许还记得我给你讲过的关于塔列兰（Талейран）这个恬不知耻、老奸巨猾的政客的事情。他教导青年人："请畏惧心灵中的第一次感动，因为这个最初的感动通常是最高贵的。"而我们，作为共产党人，对青年人的教导方式截然不同："请不要让自己心灵里的第一次感动熄灭了，因为它们是最高尚的。"请按照你自己内心里第一次感动所提醒你的那样去做吧。压抑自己心中良心的声音是一件非常危险的事情。如果你习惯于对某件事情漠不关心，那么很快地所有事情你都不会放在心上。不要违背自己的良心，——只有这样，才能磨练你的性格。

请把摘自《死魂灵》中的这段话抄写在你的笔记本上："请你在踏上人生的旅途时随身带上人类所有的高尚的心灵感动吧，当你告别温柔的青春年华，踏上严峻艰难、冷酷无畏的勇敢之途时，请你随身带上这些感动，不要把它们抛留在路旁，不要过后再来捡起！"人最可怕的是变成一个睁着眼睛睡觉的人：他会看，却什么都看不见，即使看见了，也不会去思考他所看到的东西。对善与恶冷眼旁观，面对邪恶与虚伪平静地侧身而过，这才是最可怕的。必须避免这种现象，我的儿子，这些，更甚于死亡，更甚于任何最可怕的危险。

没有信仰的人只是一个懦夫，一个微不足道的人。既然你已经确信，在你的眼前正在发生丑恶的事情，那就让你的心灵去为此而呐喊，去抗击丑恶的现象，去赢得真理的胜利！你还记得我讲的关于谢尔盖·拉佐的故事吗？他在自己的日记中写道："信仰需要经受住考验，必须检测信仰的生命力，必须将它们放在其他信仰上打磨……人应该宁愿死去，也不愿意放弃自己的信仰……"这才是真正的人的行为规范：宁死也不放弃信仰。你会问我：那我究竟能具体做些什么，才能阻止邪恶呢？应该怎么样与邪恶作斗争呢？我不知道也不会给你开方子。假如我处在你现在工作的地方，假如我也看到了你和你的同伴所看到的一切，——那么我就会知道自己应该怎么做了。

你惊讶地写道，对于集体农庄所发生的这类事情，大家都已经习以为常，漠不关心。对于你和你的同伴来说，情况更甚。"请任何时候都不要害怕说出你的所知所感，即使你的想法与公认的准则相违背"——罗丹的这些话你也不妨刻在脑子里。我假如处在你的位置上，我会立即和同伴们一起去找党组织，我会说：这种情况是怎么发生的呢？如果你们自己不能收摘西红柿——那我们这些大学生会来收摘的，决不容许人类的劳动被糟蹋！如果在党组织没有结果的话，我就会直接到区委会去，使人民一系列的监督权力发挥效力。我不相信所有人对丑恶的事情都麻木不仁，对混乱和无序都熟视无睹……这是不可能的。

现在，你在精神发展的阶梯上正在更上一层楼，在这个时刻一个人就不应该左顾右盼：看他人在做什么，他人怎么行事，而应该去独立思考，独立决断。

吻你。

你的父亲

第三封信

亲爱的儿子，你好！

我很高兴，你能将一切都开诚布公地来信告知，分享你的思考、疑惑和不安。还有一件事也使我很高兴，那就是：在如此繁重而又紧张地劳动的日子里，正是这些思考让你激动难平。你在信中说：假如你奋起捍卫真理，人们就会用惊异的眼光看待你……从你信的字里行间，我读出了其中包含着的沮丧之情、失落之绪。“我感到，在这里思想性被视作积累某种道德资本的企图”，你在信中说，“我已不止一次地听到过，‘有思想’这个词在人们的话语里充满了讽刺：‘你已经多有思想啊……’这是怎么一回事呢？难道那些以前我虔诚地信仰的价值观念，那些我一想起就心儿怦怦直跳的思想观念，正在丧失意义吗？应当怎样理解有思想的生活？”

太好啦，我的儿子，真的太好啦，这些问题在让你焦虑不安。我非常为你高兴，也为我自己高兴。这意味着，你周围的人们的所说所想并没有让你感到无所谓。

思想性、思想——这是两个伟大的、神圣的词语。谁如果自觉或者不自觉地试图将人类思想之美庸俗化，用市侩的自负和冷漠、用庸人的恶意嘲笑的蛛网去玷污这些纯洁而庄严的思想，那他就是在扬手抽打大写的人类。思想性就是真正的人性。你记得歌德的话吧：“任何人，一旦远离思想，他最终只会落入纯粹的感觉里。”我记得，在少年时代这句话曾让你十分惊讶，疑惑不解，于是，你问我说：“这话的意思，换句话说，就是他会变成动物吗?”是的，我的儿子，一个人如果他的内心没有了思想，那么他就开始一步步走向行尸走肉了。

请记住，我跟你再说一遍，请记住：为了思想，人们曾经赴汤蹈火，毅然上断头台，不怕枪林弹雨。乔尔丹诺·布鲁诺本可以挽回一命，只要他说出这样的话：我放弃我的观点。但是，他没有去说这句话，因为高贵的思想激励着他的心。面对着成千上万的无知庸人的喊叫和人群的嘲笑，他头戴丑角的尖顶帽，身穿画满魔鬼的长袍，走向宗教裁判所的火堆——那样傲然，那样坚信自己的信仰，受自己思想的激励，于是在那遥远混沌的时代，他大概目睹了一枚枚火箭飞向星空，飞往遥远的宇宙。亚历山大·乌里扬诺夫只要给最崇高的阁下写一封表忠心的信就足够了，沙皇也就会宽赦他，还他性命，但是他没有这样做，他也不能这么做。索菲雅·佩罗夫斯卡雅只要说她没有参与刺杀沙皇的准备工作就足够了，她就会被赦免，指控她有罪的确凿证据也不存在，——但是她不能这么做，因为自由的思想，消灭暴君的思想，对她而言，高于她自己的生命。思想使人勇敢而无畏。

假如在我们国家，每一个年轻人，每一个女孩子，都能够以崇高的、高雅的思想为生活方式，假如思想能够成为我们每个人良心的捍卫者，——那么我们的社会就能够变成一个理想的道德之美和精神之美的世界。人们就能够，正如高尔基所向往的那样，星光闪烁，彼此照耀。但是，这个耀眼的时刻不会自行来到。为此需要奋斗。我们（包括我、你、你的孩子）眼前需要着手去做的最困难的事情是，用崇高的共产主义思想激励人民。

她，这个共产主义思想，是世界上最美好的事物，我的儿子。我读过，并将邮寄给你一本小薄书，书名为《一颗献给暴风雨的心》（Сердце，врученное бурям）。内容是伊朗共产党领导人、共产党员霍斯罗夫·鲁兹贝赫在法庭上所说的话。他的一生非常具有教育意义，对于年轻人，对于渴望了解共产主义思想的美丽和涵义的年轻人而言，他的一生，形象地说，是思想性的启蒙书。霍斯罗夫·鲁兹贝赫是一位天才的学者型数学家，他写过许多学术著作，他的前程一片光明。但是，把祖国从暴政和压迫下解放出来的斗争鼓舞着他。他加入了共产党，多年从事地下工作。叛徒出卖了他，他被逮捕并被判绞刑。他受到死刑的威胁。假如鲁兹贝赫请求宽恕，法庭肯定会宥免他的死刑。但是，共产党人知道：在笼罩于全国的残酷的恐怖环境中，他的免于一死会被同志们误认为是一种背叛行为，会被钉在耻辱柱上的。于是他请求法官判处他以极刑。下面是他最后的话语：

“死亡，在任何情况下，都是不愉快的，特别是对于那些心中对未来，对光明美好的未来满怀希望的人们而言，更是不愉快的。但是苟且地活在真理与错误之间，对于真正的人而言是不应该的。在生命的旅程中，人永远都不应该失去自己的基本目标。如果生命可以用耻辱和羞愧为代价、用人格的丧失、用思想的改变、朝夕思慕的理想的放弃、政治观点和社会观点的改弦更张为代价购买的话，那么傲然地死去要比此光荣和令人尊敬百倍。我自己为自己选择了道路，我会沿着它走到底……我不认为自己是罪犯，应当受到惩罚，罪该万死，但是，当我注意到我的尊严正受到威胁的时候，我郑重地请求各位尊敬的法官判处我死刑。我之所以要求这样的判决，是为了分享我的已经牺牲了的朋友们的光荣，为了消除正威胁着我的名誉的那些指控。无论是我，还是我的那些同志们，都不是罪人，虽然他们由于从事政治活动被判刑，相反，我们都是我们亲爱祖国的公仆，因而，公正而诚实的伊朗人民会把这些判决视作暴政的结果，并且会为自己具有自我牺牲精神的儿子们洗清沉冤的。请给霍斯罗夫·鲁兹贝赫定罪吧，但是你们却审判不了人性、人格、爱国主义、人道主义和自我牺牲精神。”

请记住这些话，我的儿子。愿这些话语成为照耀你的生命的火花。

我很了解某些人的内心活动，这些人给思想、思想性等词语添加了讽刺的涵义，而把思想上的英勇无畏视作钻营功名利禄，一心向上爬。这些人天赋上的平庸无能和精神上的空虚贫乏令人惋惜。他们根本不懂具有崇高思想的精神生活的完整性，也就是说，不懂得普遍意义上的真正幸福。他们以为，做一个充满崇高思想精神的人就意味着成为思想的奴隶。根据他们的看法（这种看法并不是今天才产生的，它很早以前就从一个历史时期传到另一个历史时期），一个人融入思想，就停止作为有个性的人而存在，就会变成四处游走的思想。这是何等可怜的肤浅幼稚啊！只是得益于思想，人才获得自己的个性，才能在创造活动中展示自己，才能成为一名真正的战士。人不可能融入思想，而是因为充满思想的崇高精神而变成一股强大的力量。

我们州有一位优秀教师，即我的朋友伊万·古里耶维奇·特卡琴柯，波格丹诺夫斯克中学的校长（大概，你还记得他，他曾经几次来过我们家）。在伟大的卫国战争期间，他与法西斯分子作战过，在游击队里——在离兹纳缅卡市不远的阔叶林中。不久前，他给我讲述了一个令人震撼的故事，这个故事你应该听听，因为这有助于消除对思想和理想的怀疑。

它发生在艰苦的战争年代——1941 年的晚秋时节。法西斯的宣传机器大放厥词，说红军已经被消灭，莫斯科将很快沦陷。但是，法西斯分子已经被有关游击队的最初传闻吓破了胆。我们这个州的游击队也让德国人不得安宁。在距离阔叶林不远的一个村子里，人民的复仇者烧毁了敌人司令部的汽车、电台，还杀了三个希特勒分子。法西斯决定暂时不对这个村的居民采取镇压措施。他们决定走另外一种更为巧妙而隐晦的途径——“心理震慑”，正如他们的喉舌们所鼓吹的。在村子中心，他们竖起了一个大型的绞刑架，在绞刑架上钉着一块用德语和乌克兰语两种语言书写的告示牌：“如果村子里只出现哪怕一个游击队员，如果游击队员之手造成德国士兵哪怕只流一滴血，如果有人只发表哪怕一句对游击队员的强盗行为的辩解或支持的话，那么，在这个绞刑架上将处死十个最先遇见的村民。”全村的人都被赶到这个绞刑架旁边，以便向他们“解释”这道命令。这时，驱车赶来了一个法西斯少校，对农民们说：“你们的红军没有了，苏联灭亡了，所有的苏联国土从现在起都属于德意志帝国了。”村民们有些垂头丧气。

正在这时，人群中走出来一个二十来岁的小伙子。

“请不要相信法西斯的话，”他大声说道，“红军永在，苏维埃政权永在，莫斯科屹立着，并将永远屹立不倒。我是一名游击队的侦察员。”

法西斯分子被这位英雄的果敢行为完全惊呆了，以至在最初的瞬间里张皇失措，以至小伙子来得及说完自己义愤填膺的话，来得及从袖口中掏出手枪，直射德军少校。等到这帮法西斯分子缓过神来的时候，那个少校已经躺在地上死啦。他们抓住穿绒衣的小伙子，绑了起来。法西斯分子的处罚只有一个——枪毙。临刑前，小伙子和一个游击队员一起被关押在囚室里，而这个游击队员成功越狱了，因此才得知了关于这位英雄的一些情况："我不是游击队员，"小伙子说，"我是一名落入希特勒分子手中成为俘虏的苏军战士，因为受了伤而被抓去当了俘虏的，后来成功逃脱了。我出现在这个希特勒分子正召集村民去开会的村子里完全是偶然的。我发现，村民们是多么悲观失望啊，当那个德军少校说我们的军队灭亡了，说莫斯科沦陷了的时候，我无法忍耐。我知道，我这是走向死亡，但是我不能放任法西斯分子。我的话点燃了人们心中相信祖国必胜的星火。我将会被敌人吊死在那里，在那个村庄，在那个绞刑架上。他们会召集所有的村民围观，杀一儆百。死亡对我而言将会是最艰巨的考验。毕竟死亡是可怕的，一想到再过一分钟，我就要走向死神，不由得心生恐惧。我想在人们面前经受住这个考验。对胜利的信心支撑着我，我靠这个信念而活着。"

他经受住了考验，保持了自己的尊严。在刽子手将绞索套在他的脖子上的那一刻，他高声说道："请不要向刽子手低头啊，村民们！自由是无法挂上绞刑架的！我死是为了祖国！"

"我们热爱的东西，直到我们将要死去的时候我们依然热爱着"，高尔基这样写道。谁珍视思想，他就珍视自己的尊严。共产主义思想，用马克思的话来说，正在变成"锁链，让人无法挣脱，如果不撕裂自己的心……"我相信，你会成为这样一个真正的人：我们思想的伟大真理与你的心灵会融为一体。请记住，不是生活中的一切都能够顺风顺水和美丽如画的。你也会遇到丑恶的、无耻的东西。应当学会用共产主义的伟大真理来抵抗这些东西。这不是牺牲者的真理，而是胜利者的真理。但是……你大概没有忘记尤利乌斯·伏契克的精彩话语，这是我们三年前读过的：真理终将胜利，但真理需要毅然决然的扶持。我们的社会中不乏众多"维护真理的斗士"、"真理的寻求者"，他们并不反对去"揭露"邪恶，至于和这些现象作斗争那还是留给警察吧。这些巧言惑众、光说不做的人带来了许多危害。我们的使命不在于去发现恶、暴露恶并大声疾呼，而在于克服恶。有时候，需要的不是只说不做，而是只做不说。

伊利亚·伊利夫和叶夫根尼·彼得罗夫说得好：需要的不是为清洁而斗争，而是直接扫除。我们周围还真有很多东西需要扫除。我相信，你在人生道路上可能随时碰到垃圾，这不会使你气馁，也不会令你慌张，更不会让你失去对善良的信心。善良会奏响胜利的凯歌，但善良的胜利凯歌的源泉却植根于人，植根于我们自己心中。

祝你身体康健，精神抖擞，天天快乐。

拥抱并吻你。

你的父亲

第四封信

亲爱的儿子，你好！

我多么高兴，理想、生活的目标、真理、美这些词语一直在激励着你。好久我都不记得你对这些问题的兴趣有如此的“爆发”。我很高兴我的信唤醒你产生了一大串的思想。或许，这种鲜明的思想活跃的原因，是站在你面前的是新的人们，你每一天都在认识世界上存在着的一件最神奇的、最惊艳的东西——人。而了解人就是在不断认识自己……

我记得我们俩的一场尚未完结的争论，它发生在你离家去参加入学考试的前一天晚上。（你记得吧，我们坐在花园里的梨树下面，在我们辩论到最紧张激烈的时候，妈妈说：“到时间了，一个小时后火车就……”）你热烈地坚持着你自己的观点：诞生理想人物的土壤只能出现在这样的时刻，当所有社会力量被划分成两个鲜明地对立的阵营的时候，即一方为善，另一方是恶。双方立场一目了然：应当拥护善，还是维护恶，哪里是善，哪里是恶。然而，目前情况不是这样：为理想的斗争在与日常的平凡劳动相融合。你列举了一个例子：一个挤奶女工比计划挤奶定额多挤出了1000公升，于是她被当作英雄人物那样去报道。难道英雄事迹可以这样轻易地获得吗？平凡的劳动——作为义务的劳动，作为生存条件的劳动——却要过于频繁地被冠以“功勋”这样伟大的词汇给予褒奖吗？

你的这封信提出的这些想法是一些非常复杂而又微妙的问题，特别是关于理想方面的问题。首先，应当记住，理想人物，那绝对不意味着没有沟沟坎坎。人永远是血肉之躯，而非钢筋混凝土制作而成的。我想，你不会否认保尔·柯察金是一位无愧于被称为理想的人物的。但是，你记得，他自己在评论自己时说过什么话吗？这就是他说的话：“但是也有过不少的错误，这些错误都是由于幼稚，由于年轻，而多半是由于无知而犯下的。”英雄自己看到了自己身上的缺点和不足，但并不是这些缺点决定着这位杰出人物身上的主要方面。最重要的是，在鲜红的革命旗帜上也染有他的几滴鲜血。

这就是它，理想之物。它的分量由人类的激情、人类为争取真理的辉煌和革命的胜利而奋斗的炙热程度来度量。我永远都会牢记艾恩斯特·海明威的话："人不是为了去承受失败而造就的……一个人可以被消灭，但他不能被打败。"在海明威说出这些话之前的很长时间里，世界是从保尔·柯察金的口中听见这样的警语的。世界不仅仅听见了这些话，更看见了他践行的功绩。

请试想一下，假如那些早已从生活里逝去的人们看到我们的生活、我们平凡的劳动，会怎么样呢？比如亚历山大·乌里扬诺夫、斯杰潘·哈尔图林、索菲雅·佩罗夫斯雅……对他们而言，公正的社会制度是遥远的未来，是美好的、迷人的幻想。……请想象一下，假如他们看见了我们的生活，仔细观察我们的生活，理解了千百万的新世界建设者的劳动意义，——他们的心灵会对他们说些什么呢？他们会有什么感受，又想到些什么呢？他们的心会惊讶得突突地跳起来的。他们会视我们的这个时代、我们的整个生活为理想的生活和时代的。这些英雄中的每一个人都会说：这就是我为之殊死奋斗的生活。

遗憾的是，我们自己却没有感受到这一点，我们记不住我们生活在多么美好的时代。英雄伟业就体现在我们自己身上，体现在千千万万"普普通通的"劳动者身上。这些劳动者甚至都没有想过成不成英雄，他们会惊讶无比，假如有人告诉他们说，他们就是英雄。这些概念本身正在发生变化：在我看来，在“普通的人”、“平凡的劳动者”这样一些词语中含有某种对人的轻微的蔑视。世界上没有普通的人！我们当代的人都是劳动者，他们劳作在田野里、在牧场上、在车床旁，远远不是一个简单的他！

鲜红的革命旗帜……它被我们的人民自豪地高举在世界上。革命在继续，现在革命正接近于变革世界的顶峰——这就是我们时代的意义所在，亲爱的儿子，因此你必须理解并感觉到这一点。过去那些最优秀的人们曾经梦想过的，他们为此而饱受苦难、九死一生的理想，现在我们正在用自己的双手去实现。我们正在建设共产主义——要理解并感知这一点，只有到那时，当我们每个人都能够用这样的一双眼睛看待我们的日常生活的时候，这是视共产主义理想、视善良的理想为向往幸福的迷人梦想的人们的眼睛，他们相信这个梦想一定会实现，但是在遥远的未来……因此，你在信中说起过的那位挤奶女工，就是一个实实在在的理想人物、一位英雄。她虽然没有创立丰功伟绩，但是她的全部生活就是一种功绩。她的血洒落在鲜红的革命旗帜上。

为什么她被称为英雄？为什么她的生活被视作功勋？这是因为，她在用自己的劳动提升人。你想一想，儿子啊，什么是共产主义建设的目标：我们在为什么而劳动，制订和完成我们的五年计划？一切都是为了人的福祉。共产主义并不是某种神秘难解的、凌驾于模糊大众之上的东西。共产主义就存在于人本身，存在于人的幸福之中。建设共产主义就意味着为每一个人、每一个家庭造福，而这种幸福，如果没有全社会的幸福，也是不可能的。幸福如果缺少了物质财富和精神财富，缺少丰富的资源、价值观念，那是不可想象的，也是不可能的。挤奶女工，当她在创造物质财富的时候，她关心的不只是物质上的富足安康。哪里有物质上的富足安康，哪里也会有丰富的精神生活：人们写作诗歌，创作音乐，建造世界上最高的电视塔，投射天文望远镜观察遥远的星空。假如不是有这个普通的、平凡的挤奶女工的劳动，就既不会有巴赫姆托娃的美妙歌曲，不会有肖斯塔科维奇的交响曲，也不会有科学院院士安巴尔楚米扬（Амбарцумян）关于超新星诞生的大胆假说……既不会有你正在其中读书的高校，也不会有如此静谧的夜晚时光，让成千上万的首都居民去埋头阅读有趣的书籍，去听音乐会，上剧院看演出。

她，这个挤奶女工，明白她是生活的创造者。这就是理想的实质寓于普通的，所谓平凡的人的身上的根基所在，这就是创造性劳动的根基所在。假如没有成千上万的挤奶女工、耕田者、矿工和冶炼工，那么我们世界的上空就不会有鲜红的革命旗帜高高飘扬。理想的人并不是圣像，不是完美无缺的完人，覆盖着恒久不变的光泽。

理想之物存在于我们的生活本身。请仔细地环顾四周，仔细地细察人们，努力不去只看表面上的东西，而要去看深层的世界，内在的东西，这样你就能看到理想的事物了。一个人生活没有理想，那么他是多么可怜。——屠格涅夫这样写道。事实上，假如一个人的前方没有闪耀着一颗他的指路明星——理想，那么他的生活将会是前途暗淡的苟且度日。

祝福你，我的儿子，祝你身体健康，精神高扬。

深深地吻你。

你的父亲

第五封信

上午好，亲爱的儿子！

来信收到。你们终于开始上课了。你兴奋地写到设施完备的无线电物理学研究室和电子学研究室。令我高兴的是你确定了自己的专业志向。如果你坚信，生活也证实，无线电物理学是你喜爱的专业，那就说明，你将成为一个幸福的人。然而，志向不是某种外在地抵达人心的东西。假如在中学时代，大概，从二年级开始，你就不能专心致志于无线电接收器的原理图，假如你不用功，那么未必会出现这种专业志向。志向是天赋的微小幼苗，它会在勤劳的沃土里成长为结实而粗壮的参天大树。如果没有对劳动的喜爱，如果缺乏自我教养，这棵幼小的志向之苗也会在根部上枯死。

选定专业志向，并确认它，这才是幸福的源泉。马克·吐温有一篇很有意思的短篇小说。小说中讲述：在“彼岸”既没有天使，也没有圣徒，也没有神仙般的无所事事，而生活在这天堂的人们，像生活在充满原罪的尘世中的人们一样，以同样的劳动为生。天堂和尘世的区别只有一点：在天堂里每个人都只按自己的志向行事。一个在尘世里默默无闻的皮鞋匠死后可以成为著名的统帅，而一个在生前平庸无为但擅长书法墨宝的将军，却自愿死后在司令部里做一名卑微的文书。一个用其多余的毫无价值的冗长小说让读者厌恶的作家，死后却在金属旋工职业里找到自己真正的职业志向。一个偶然跻身教师行列，终身折磨自己，也折磨学生的人，在天堂里却成了一名优秀的会计师。

我不止一次地重读过这篇出色的故事。假如人在“此岸”就能够达到这种状态该有多么好啊！但是，很遗憾，违愿的事常八九。

什么是最大的生活乐趣？我认为，它存在于创造性的劳动中，一种与艺术接近的事物之中。这种接近存在于技艺之中。如果一个人钟爱于自己的劳动，他就会力求在其劳动的自身过程中，在他的劳动成果中，能够蕴含有美和美好的东西。我曾写信跟你谈起过我们的园艺家和林学家叶菲姆·菲利波维奇。在一生中，我只见过不多于二十个像他这样的人。这是一个令人称奇的人。在劳动的技艺上，在业精于勤上，我没有任何夸张地将他与斯坦尼斯拉夫斯基、普拉斯托夫、肖斯塔柯维奇、阿列克塞·乌列索夫等名家相比拟。

接下来，我给你讲讲这个人的情况。他设计、塑造、制作树形，就像斯坦尼斯拉夫斯基塑造形象，就像普拉斯托夫在一块油画布上表现生活一样。他每天以树为对象，对每一棵树进行雕琢、修整和创造活动。我见过，他多次从所有角度端详一棵很小的树苗，来回细看，如他自己所说，在寻找那个唯一的点，以便实施嫁接。找到这个嫁接点，萌发细小的幼芽，于是，从这一刻起，就开始出现伟大劳动的魔术般的神奇术。由于这种劳动，人就变成为自己行业中姣姣的创造者、艺术家和诗人。叶菲姆·菲利波维奇塑造着具有惊艳之美的树冠。为了学会这些，认识这些，那么只在他身边工作一年是远远不够的。因为这将是对人的认识，对美和艺术的识解。

在这样的劳动中，才会有伟大的存在的幸福感。在劳动的过程中认识到劳动所蕴含的美，这才是真正意义上的劳动。对此，斯坦尼斯拉夫斯基这样说过："尘世的幸福在哪里（В чём счастье на земле)？在认识里，在艺术和创作中，在对艺术的认识中。在认识艺术的自身时，你也同时在认识大自然，认识世界的生活，认识生命的意义，认识心灵——天分。这些之外，不可能有幸福。”

认识艺术（美）自身，这是一场大风暴呀，儿子。在劳作时，在工作中，认识美之自身，这才是真正的劳动。在树龄为三年的树苗之中，我总能够找出那棵唯一的、由叶菲姆·菲利波维奇亲手栽培的小树。他所栽培的所有树都朝向太阳。他所栽种的树的树冠上的枝桠都如此地舒展，好让阳光能够照耀到每一片树叶，而树叶之间不相互挤压。

“您是怎样做到这样的呢?”有一次我问叶菲姆·菲利波维奇。

“人类的智慧——在手指的指尖上，”他回答说，“我从三岁开始劳动。我建议您可以这样教育您的学生。每个人都应当成为自己事业的主宰——这也是不能忘记的。假如我去攻读工程师、医生或教师专业，我也许会哪一行都干不好，也许只是学成一个挣糊口之粮的人……应当点燃每个人身上圣洁的火花，这样假以时日，就能够收获到真正的人。”

那些塑造人的人，即教育人的人们，才能塑造志向。而且，那些天资的主人们自己也在塑造志向。你喜欢巴赫的音乐。但是，约翰·塞巴斯蒂安·巴赫一脉里共有58个音乐家。曾祖父是音乐家，祖父是音乐家，父亲是音乐家……甚至婚姻也都在这一脉之中缔结。这是怎么回事呢？常常是这样：好像在出生的时候这个人的职业志向就已经被预先确定了：他不成为作曲家，就成为著名的演奏家。是的，天分允许约80%的孩子成为作曲家，可是最终能够成为作曲家的屈指可数。为什么会是这样？为什么巴赫一脉出现了58个著名音乐家呢？因为这些人自己塑造了自己的志向。因为，在巴赫一脉里，每一个孩子的人生第一印象就是音乐；他在周围世界中认识到的第一种美就是音乐的旋律；他的第一个惊讶和惊艳就是对音乐的惊讶和惊艳；他作为人所经受的第一个自豪感，就是享受音乐之美的自豪感，创造音乐时的自豪感。

人是自己志向的主宰者。我没有特别的热情对待你的以下喜悦，比如：哎呀，当一名无线电物理学家多么幸福啊；哎呀，我多么热爱无线电物理学啊。你可以热爱你为之付出了若干心血的东西。非常可喜的是，你对无线电物理学很有兴趣，但要记住，这还仅仅是一种兴趣。只有付出了无数劳动的兴趣，才能转变成为志向。而且，被乘数总比乘数小许多倍，也只有这时，乘积才会是一个可观的数量。我想给你提几点建议。目前，科学正在以飞快的速度发展着。如果你真想成为自己专业的行家里手，那么请务必跟踪无线电物理学领域里的最新动态。在课堂上所给予的那些东西，只不过是你像需要空气一样所必备的全部知识中的微小部分。请你给自己立下这样的规矩：每天，绝对每天，——不管是节日，还是假日，必须阅读和钻研哪怕五页关于无线电物理学及相邻科学，比如电子学、天体物理学、太空生物学等方面的学术期刊。我再重复说一遍：必须每天这样做。

我不是随意使用“钻研”这个词的。大学生应当钻研。这用乌克兰语中的一个词语更恰当：студіювати（问学）。可见，钻研，是指在自己的大脑中深刻地思考、转换事实和结论，只有经过这样的思考后方可记录于笔记本中。不要只是从科学论文或教科书中转抄，而要记下那已经深刻印入在你大脑里的东西。你对你认可为自己职业志向的课程钻研得越深，它就越有几率成为你的志向。

还有一条建议。任何专业都包括理论钻研、实践工作和创造力。而在无线电物理学里，实践工作可能特别有趣。请你利用任何一点机会去实验室，去校办工厂里做做事，去组装收音机、遥控活动模型，继续做你在中学时代做过的事情，但是需在更高的层次上进行。因此，任何时候也不要满足于平庸的结果。请努力追求完美，这才是培养职业志向的正确道路。第一次不成功，请从头再来一次，请不要忽视每一件最简单的、最粗糙的工作。要勤练双手，多用双手，一直练习到使之成为你的最重要的工具、技艺的最主要的武器。我手头有一篇关于手和手工劳动的有趣文章，现在将之随信一同寄来给你。希望这篇文章也一样能够引起你的惊奇。

科学证明了：人类的双手可以应付数以十万亿计的与创造性劳动相关的“劳动场合”，而每一个这样的场合都与你的思想协调一致。这正是劳动之美、创造之美、真正的职业志向之美的奥秘所在，即在于双手的精湛技艺之中。如果你想成为一名真正的工程师，那么请将你的双手变成创造者、变成诗人。

请你看看，书店里有没有关于劳动心理学、创造心理学方面的什么新作。如果有，请买好并寄回来。

祝你身体健康，精神昂扬！

你的父亲

第六封信

亲爱的儿子，上午好！

我很高兴，你在最近的一封信中想和我讨论一些问题。太好啦，简直太棒啦。显然，职业志向的问题是最令人激动难安的问题之一。你责怪我过高地评价了教育的功能和自我教育的作用，而低估了天赋给人的才能。是的，贝多芬在五岁的时候就已谱写出了他的音乐作品。但是，这首先说明贝多芬度过童年时期所具有的极其优越的环境条件。假如贝多芬处于这样一个环境里，这里既没有任何乐器，也没有人懂得音乐的旋律，那么他绝对不可能天生成为音乐家。我相信，有成千上万的人的自然天赋暂时尚处于沉寂。假如他们的童年时代能够在一个有利于才能诞生的环境中度过，那么这成千上万的人们就能成为杰出的科学家、诗人和作曲家。共产主义理想的高尚人道主义正在于此。在共产主义社会，每一种才能都会得到充分的发挥，所有人的天分都会枝繁叶茂，长成天才人物。只有共产主义才能树立这样的理想：每个人都能够成为天才的劳动者、天才的创造者、天才的电焊工、天才的农技员、天才的畜牧家——这就是共产主义教育的理想。我对这个理想深信不疑。

我认识一些人，他们之所以成为天才劳动者，是因为教育开启了他们身上自然天赋的活力和干劲。共产主义就是人身上的自然天赋和社会属性的令人惊讶的和谐。教育，只有当它基于人的自然天赋的时候，才是理智的。我之所以热爱自己的教学劳动，正是因为，它的主要任务在于识人。在教学工作中，我首先是认识人，细察他们心灵世界的各个经纬，在这些经纬里何处潜藏着使其成为一个有用之人的潜质，如果能够根据这些经纬有效地领略和打磨他们的话。识见人类无穷无尽的心灵世界的经纬，这就是教育的艺术。你看，我跟前正站着一个儿童，他学数学很吃力，他学语法也不轻松，他既没有数学思维的明显倾向，也没有艺术思维的明显倾向。那么他究竟有什么潜能呢？他有，他像每个人一样，有一颗无穷无尽的心灵，有某种我尚未发见到的、没有洞悉到的天赋的经纬，正是这个隐秘的经纬里潜藏着他的幸福，他的未来，——教育者如果能够发现并打磨这个经纬的话。他能够成为一名天才的机械师，天才的谷物种植者，天才的细木工，——只要善于开启他的这个唯一的经纬。我坚信：这样的时代必将来到，那就是在我们的社会里不会有任何一个没有才能的、学识不足的、对生活失望的人。每个人身上都有机会开启自己光明灿烂的经纬。这虽然暂时还只是一种幻想，但是它会变成现实的，因为我坚信教育的强大力量。

我认识一些人，他们虽然热爱那些让人觉得最平常的、最不起眼的工作，他们却成为这些行业里的诗人和艺术家，攀上了这个行业技艺的顶峰，——这正是得益于一点：他们的生活闪耀着一种大自然赋予他们的天赋和教育给予他们的“后赋”之间的幸福的和谐。我有一位私交很深的友人阿列克谢·乌列索夫（Улесов），他是我国的一位杰出人物，两次社会主义劳动英雄称号的获得者，一位建筑工人、电焊工。

“我还是一个孩子的时候，就向往上工地干活，”他讲述道，“渴望当一名钳工。但是，钳工的技艺终究没有成为我自己的，没有进入我的骨髓。当我看见了一个同伴在燃烧着电焊迸发出的火花时，我就像中了魔一样，一步不离地跟着他：‘请教会我吧。’我学会了。我建设了北方的一些城市，也建设了各种水电站。在生活中，你只要有一次感受到作为大地创建者的幸福，只要有一次看见你亲手修建的房子拔地而起并被人迁居，你亲手建造的水电站被投入使用，你亲手安装的第一批机组在发电，都是无比自豪的。对于我来说，这就是生活的最大的幸福……”

或者说说我的另一个同行。他就是我国著名的畜牧家斯坦尼斯拉夫·伊万诺维奇·施泰曼（Штейман）。下面是他对自己工作的讲述。

“我从来没有机会飞行、攀登高山、在大海上航行。我一生的大部分时间都在畜牧场和牛犊舍里度过。但是，当我回忆起过往的岁月和所做的工作的时候，我总觉得我就像一个旅行者，不止一次地穿行过荒无人烟的小径，不知道在转弯处会有什么东西在等候着我；我也不止一次地感到自己就是一名登山运动员，正在向宏伟的高峰攀登……”

请琢磨琢磨这些话语吧。这是一个曾经的雇农所说的话。他曾是一个牧人，他的生活定格成了这样：他没有在中学的课桌边坐着上过一天学，而只是得益于他坚持不懈的劳动，才成为卓越的科学家，博士，一个成功培育出一种新的、被命名为科斯特罗姆良种的奶牛的人。

他整个一生从未外出过，始终劳作在卡拉瓦耶沃国营农场里。

这是写给你的又一个确证事例，它表明：人是自己职业志向的造就者（человек — творец своего призвания）。只有通过劳动，才能铺就通往智慧、创造和科学的道路（Только через труд лежит путь к мудрости，творчеству，науке.）。亲身确立职业志向，这意味着：应尝试点什么，制作点什么，而不是背记现成的常规常理，不是搜索枯肠地去尝试找到问题的答案：这个工作我究竟是喜欢还是不喜欢？一个人喜欢他为之倾注了心血的东西，这才是最主要的。我再一次建议你：请任何时候都不要轻视最普通的劳动、最粗的劳动、最脏的劳动——它是创造的起点。

再见，亲爱的儿子。

祝你身体健康，富有朝气。

你的父亲

第七封信

亲爱的儿子，你好！

收到了你简短的来信，我也回复一封短信。你要求寄钱用于买晶体管收音机，45 卢布。你说，几乎所有的大学生都有晶体管收音机。

钱用于买必需品从来不觉得可惜，但是你要钱买晶体管收音机我却绝对禁止。原因如下。晶体管收音机正在变为全民的灾难。你记得吧：我去你那儿，我们站在街心花园里。多么美丽的花园，红花绿海，但就是没有小鸟。他们都被晶体管收音机赶走了。因为，白天、黑夜，每一处灌木丛下都响彻着各种吼叫的、呻吟的、哀嚎的声音。每个人都企图提高声响压倒别人，炫耀自己的晶体管收音机。弄得既没有怡人的宁静，也没有大自然的天籁声。（你知道这天籁之声吗？这是树叶的沙沙声；在晴朗明媚的日子里树木轻唱着同一种曲调，在风起的天气里唱着另一种曲调，而在风暴来临前大自然的宁静也在歌唱……）很快，村庄里的小树林也将被晶体管收音机挤占了。有一次，在星期天，我前往森林去听听大自然的天籁声。我刚一躺到草地上——立马就听到了爵士乐的哀嚎。

你手风琴拉得很好——难道你现在不愿意在空闲时间再拉一拉吗？或者，请学学拉小提琴吧，——要知道你有出色的音乐听觉。买把小提琴，好好学学。而收音机的事情就请忘掉吧。对于城里的那些中年居民和老年居民来说，这些小匣子已经变成了可诅咒之物了：不能一打开窗户——马上就涌进来各种呻吟的、嘶哑的声音。哪怕是出于尊重他人，也应该远离晶体管收音机。请设想一下，在星期天成千上百的人们正走去森林或公园游玩。假如所有的人人手一个晶体管收音机，那会出现怎样的局面啊？休息就会转变成地狱。不应该往这个可怕的转变里添加自己的塑造物。

令我特别不安的是，当今一小部分年轻人对待精神价值，尤其是对音乐的消费态度。他们不想学拉小提琴或弹奏科勃扎琴（кобза），不想自己唱歌，而津津乐道于那些录制在磁带上的音乐。你按下按钮——音乐就响起，不用学，不用思考。如此一来，人很容易变得极其迟钝。

夏天，当你回来后，我们一起去听一听大自然的天籁之声：晴朗夏日的和声、傍晚霞光的舞曲、七月夜晚星空的乐曲、落叶的忧伤之歌。难道你忘记了云雀的歌声吗？那是你们全班一起去田野里听到的。

寄给你45卢布，买把小提琴，买本自修教材吧。你不会惋惜的。如果你不想学小提琴，那就用这些钱去买几本艺术方面的书吧。请不要漏过《乌克兰艺术史》的第一卷，它应该很快就要面世了。

祝你身体健康，富有朝气。

拥抱并吻你。

你的父亲

第八封信

亲爱的儿子，上午好！

你最近的一封信令我极其不安。你太过于乐观地看待自己的学业了。学业几乎还没开始，而你已做出了结论：在大学的学习比在中学的学习容易得多；有独立地专注于资料的机会，没有把成年人变成小孩子的那种日常测验。

请不要急着下结论，请考好第一批的各个测验和考试。请明白一个简单的道理：如果你想成为一个真正的——有创造力的、善于思考的专家的话，那么在大学里的学习就是一件炼狱般艰难的事情。这里绝对没有任何轻松的东西。如果中学里所学习的只是科学的入门知识的话，那么在大学里你就是在一页一页地打开科学这部伟大的“书籍”，并理解它。我再一次提醒你：大学生旨在钻研。大学生不是学习功课，而是致力于掌握科学。

首先，你应该明白，听课、听讲座不是一件轻松的事情，像第一眼所见的那样。站在你面前的是一位学者，他正在讲授一门系统性的科学课程或这门科学的某个领域的课程。你不仅应该理解科学的真理，而且还要了解该学者的观点、信念，感受他将自己所归属的那个学派。应该从大量的课堂教学中领会其纲领性的主要的思想，理解学者信念的主线。

一个出色的技能就是善于听学者讲座的技能。在中学时期，我们已经力求提供了听课的初步技能，但是我们受制于严格的课程系统，受制于常规设计的知识系统。大学里则完全是另一码事了。在大学里，大学生不仅有机会听，同时在思考、审视、推断。因此，也必须学习这种技能。同时，请一边听课、记笔记，与此同步地一边判断、思考、审视。我建议你在练习本（用作记笔记）的末尾处留出几页，专门用以记录各种疑问，记录你的一些个人思考和判断。可以把自己的见解和思考写在提纲的文本中，用某种方式标明是自己的思想（可以用简短的几行字，也可以用半页纸）。如果没有判断，没有思考，那么听课活动就会变成一种机械性的过程，而大学生就会变成一个用于储存记忆的“活装置”。你要像逃避火灾一样地避免这种危险。对课堂内容的没有思考的单纯记熟会使头脑迟钝，但是危险并不仅仅在于这一点。

如果一个大学生仅仅会做笔记，然后熟记、再现，也就是应付考试，回答提问，如果在他的脑力劳动里仅此而已，别无其他的话，那么对他而言，大学的学习也变得力所不及，他的记忆力也会变得“漏洞百出”。哪里有死背功课，哪里就有小抄夹带。这才是最可怕的事情，这是对创造性的理智宣布死刑。寄希望于小抄会让自己注定只关注事实和现象的表层，浮光掠影，自己让自己变成一个懒惰的、没有发展潜力的存在物。大学里的小抄现象是懒于思考的产物。这些现象之所以出现，正是因为人们不想判断，懒于思考；他没有任何一点明白的东西，于是他只是在力图记住、记住、记住……

在当代社会，工作寸步难行，如果不时刻与科学打交道的话。不管你会在哪里工作，——在工厂或是在实验室，在科学研究所或是在中学，永远都不要忘记：在当今时代科学正在走进我们的日常生活，走进生活的方方面面。如果你给自己树立的目标是成为一名学者的话，那么你得知道：放置在你的肩头的劳动重担要比其他任何劳动都重上百倍。每一天里，真正的每一天，从青春年少到最后一次呼吸，在连续的几个小时里你的交谈者和老师都应该是书。成为一个学者一般需要从中学的长凳上就着手准备，而大学时代就已经是你获得科学研究的初步经验的时期了。书、书、最后还是书，这才是永远应该进入到你的精神生活之中的东西。很多东西应该拒绝，很多东西却应该强迫自己去坚持。我每天工作十四小时，有时甚至是十六个小时——对此你是非常清楚的。如果你想成为一个学者，就请让自己对此做好准备吧。这种准备不应该是在某一个时候进行，而是从今天就开始。科学不仅仅需要智慧，而且还需要勇气、勤劳、忍耐。请做一个勇敢的、勤劳的、有耐心的人。

祝愿你身体健康，富有朝气。

你的父亲

第九封信

亲爱的儿子，上午好！

我偶然做了一回被动的见证人，看见你的一个同学在读辩证唯物主义纲要时，这样问另外一个同学：世界的可知性，这应该怎样理解？无聊的、随心杜撰出来的回答令我惊讶。我感觉到，没有谁对哲学感兴趣。这一下让我想起了十三年前的一个夜晚，当时我们，四个语言与文学系的大学生，四个大一的新生，正在热烈地讨论这同一个问题——关于世界的可知性……

对一些最有兴趣的问题的这种惰性、这种冷漠从何而来呢？为什么科学的真理不能触动灵魂，激动内心？这些问题让我难以平静。我想跟你讲一个真实的非常有教育意义的故事。这是一部关于一个年轻女性命运的中篇小说。这个女性约十年前毕业于我们共和国的一所学院。这部小说非常有教育意义，因为它展现出一个人的精神空虚可能会达到何等可怕的程度，如果知识不能触及他的灵魂，不能激动他的内心，如果知识对于他来说不能成为神圣的、宝贵的、可亲的东西的话。

我在和一个三十岁的女人交谈。她有着漂亮的、智慧的、显示着高尚精神的脸庞。她讲述了自己艰难的生活，这种生活在当今时代、在我们国家第一眼看去可能让人觉得很奇怪，甚至是难以用智慧去理解的。

“我生活在一个诚实的、勤劳的、严格的家庭里。母亲和父亲都是忠实的信教之人。我的精神世界在孩童少年时期与卡捷琳娜——奥斯特洛夫斯基《大雷雨》中的女主人公的精神世界极其相似。与她一样的兴高采烈，但是这种兴高采烈又是内向的、不合群的。……与她一样的敏感、细腻、情绪化。……我们在学校里排练《大雷雨》。……是的，在排练。”她深深地吸了一口气后，重复道：“我读剧本，如常言所说，是一口气读完的，读完它，我是屏住呼吸的。这对于我来说是一次真正的开启。我好像遇见了一个活生生的人。于是想与之分享自己的思绪和忧虑。卡捷琳娜在我身上唤醒了一场完整的思想和感情上的风暴。要知道，我如此虔诚地信任她，就像虔诚地信仰上帝一样。我曾相信上帝是全能的，全知的。因此，卡捷琳娜的这种悲剧性的毁灭在我心里播下了疑问的火种：为什么人必须以毁灭来证明自己有理？为什么常常会是这样：那些可怕的人们嘴上念叨着上帝的名字却作恶多端？

“是的，我曾经信仰过上帝。母亲和父亲也是信教的诚实的人。从另一些人类学家——讲演人、教育家、作家的角度来说，——这种组合是不可思议的。即使一个人信教，他们认为，那么在他们身上也总有哪怕一些下流货、伪君子或者偏执狂的微量元素。对此，虽然他们没有公开谈论，但是在他们的字里行间却可以感受到。而这我在一个老师的话语中就感受到——下面是他对卡捷琳娜的宽容：有什么办法呢，她误入歧途，但是你能对她要求什么呢，她生活在这样的时代，……这种宽容使我愤怒。我感到，这种宽容也是对我而发的，也是对我的母亲、父亲而发的。在这位老师讲述的字里行间让人感受到：在所有的信仰上帝的人身上都一些傻瓜的微量元素。这傻瓜虽然是诚实的，可能是一个诚实的误入歧途者的意义上傻瓜，但那毕竟还是傻瓜。可是，我没有觉得自己是一个傻瓜，也不想变成一个傻瓜，这就是所谓……

“关于我的命运，您知道的那些东西在很多人眼里面却显得很奇怪，几乎是荒唐的。我中学毕业后，考上了自然科学系，出色地修完了学业（人们如此认定，是根据毕业证书上的成绩），……并出家进了修道院。是的，做了一个修女，就是嬷嬷。

“很多人认为我是一个口是心非的人。他们不相信我的宗教情感的虔诚性。事实上，评判我的人很多都是在大学了解我的人，难道这些事物——自然科学系和宗教、达尔文学说课程的优异成绩和对上帝的信仰——能够相融不背么；所有人如此认为，已经扎根于大学顺利毕业的事实本身的科学唯物主义的教育和修道院能够相融不背么……是的，很多人都认为我是一个伪君子。他们普遍认为这个事实是荒谬的，即在太空时代一个受过高等教育的人却会相信上帝。……还有的人认为，我遭受过某种个人悲剧，失败的爱情……这就是原因所在……

“但是这一切并不是这样的。或许，这对某些人来说显得太不可思议，太荒谬，但是在中学的达尔文学说课堂上，在大学的一系列自然科学课程的讲座里，我对上帝的信仰却反而恰恰巩固了。

“应该怎样理解这一切呢？您会问。而事实它就是这样。现在，经过在修道院的两年见闻之后，自从在修道院的高墙里我明白了宗教世界观和宗教伦理的本质，并成为一名无神论者之后，我能够像一个学有所成的研究者一样谈论这一切。问题在于，无论在中学，还是在大学，我都只是某个熟记知识和再现知识的活的机械装置。从课堂到课堂，从讲座到讲座，——全都是科学真理，关于物质的，关于复杂的生物化学过程的，关于遥远恒星世界上生命存在的可能性的，关于宇宙的起源的。但是，这一切——是为了什么呢？只是为了——记忆和存储在大脑里，然后——回答提问、回答提问、复现知识、获取分数。由此形成了一种思维范式，一种整个精神生活的范式——这种范式是极其危险的；积累知识，是为了将知识保存在大脑里，在需要的时刻使用之后，摆脱这些知识。因此，我在中学回答完老师的提问，在大学回答完教授的问题，就摆脱了这些知识，我感到很轻松，准备吸收新的知识和新的学养。

“一切我们吸收的东西都会以某种方式从意识的表面溜走。这不牵涉个人。在老师和教授的这些话里面没有任何针对我个人的东西：请您思考，斟酌，确证，体验，感受，观察周围的世界和人。

“现在我可以评判一个角色，一个在我的精神生活中起过重要作用的角色：文学。它是我中学时代唯一一门有关人学的课程。要知道，这应该是，依我之见，和其他的课程完全不同的一门课程。在文学课上，应该是与人一起的关于人的交谈，而不应该只是传授知识的份额，而这份知识必须提供给学生，以便经过某段时间得到一个分数后，摆脱它们。……我现在完全确信：假如老师在阐释《大雷雨》中的卡捷琳娜的时候，面向了我，假如他能够明白我的需要是什么，我的心里面正发生着什么，假如他能够用这样的思想点燃我的高尚精神，即人类最崇高的幸福存在于为尘世的幸福的奋斗之中，这种奋斗是每一个人都力所能及的，不是高不可攀的，那么，我的人生将会整个走上一条完全不同的道路，我的青春时代就不会无法挽回地浪费掉了。我不是专家，我无力评判，文学应该如何讲授，但是我明白，这些课堂应该是对人的认识。对自我的认识。

“在中学，实际上没有人学，而我渴望了解人学。现在我惊讶地询问我熟悉的那些文学老师：为什么在中学的大纲中没有一篇陀思妥耶夫斯基的作品？为什么没有柯罗连科的作品？为什么没有下列细腻的心灵大师的作品，如：加尔申、格列布·乌斯宾斯基、库普林、萨尔蒂科夫·谢德林、帕乌斯托夫斯基、普里什文？为什么不研究，甚至不推荐托尔斯泰和契诃夫的作品作为课外读物，在他们的作品中，可以说，暴露出了人类的痛苦与苦难，——要知道，这些有助于理解人的世界？为什么不研究《堂吉诃德》和《浮士德》？如何能够想象对人的教育，如果没有堂吉诃德这样一部关于善良、充满激情的内心世界、思考、冲动的百科全书？

“正是在那里，在修道院里，对宗教书籍的阅读，以及——思考让我变成了一个无神论者。我竭力在那些‘神学’书中寻找人的崇高。但是，我却惊恐地越来越确信：宗教在贬低人，让人卑微为尘埃、灰尘、虚无。那个时候，我开始真正地深思那些我在中学和大学里学到的知识。我在脑海里一页一页地复习生物、物理、化学、历史、文学、辩证唯物主义和历史唯物主义。一切对我都是启迪。这些知识我好像是第一次接触到，一切开始走入我的灵魂。我想起了关于乔尔丹诺·布鲁诺的一个故事。那是一个灰蒙蒙的下雨天，我坐在修道院的一个亭子里，在脑海中‘复习’着历史课程。突然，世界在我的面前闪耀着太阳的明媚光辉。我好像看到了好几千个罗马人组成的人群，他们正在用悠闲的好奇目睹着对一个人执行死刑，这个人敢于确信世界并不像上帝这个词语所传播的那个样子。当这幅图景变得如此清晰，如此可视，如此可感的时候，我站起身来，走到林荫道上，登上一个小山坡，由此展现出一幅幅河流和城市的美妙景色，——我真想看看世界，看看生活，欣赏人生。我为乔尔丹诺·布鲁诺的伟绩而骄傲。这就是他，一个真正的上帝。如果要祈祷的话，那么就应该向他祈祷。我笑起来了。我笑起来了，就是因为：我比较了这两个形象：一个是永恒的受难者上帝，他吩咐人们忍耐，吩咐人们寄希望于来世的报应；另一个是骄傲的斗士乔尔丹诺·布鲁诺。在我看来，上帝显得多么可怜，多么渺小啊！我开始可怜上帝了，于是我笑了。

“我感觉到了我自己身上具有的人的自豪感。在中学和修道院我所读过的一切都被我重新审视。遗憾的是，对我来说，这个来得太晚的独立的重新审视代价太大了。我不得不用青春的年华来支付那些我本应该在十六岁、十八岁就揭晓的，但是直到二十五岁才被迫揭晓的东西。最主要的是，我本应该在少年时代就从文学作品中发现而没有发见的东西，才是人类的伟大与庄严。

“与宗教的破裂对我并没有像一般人描写的那样饱受折磨痛苦，痛不欲生。对于我来说，它是快乐的。我好像获得了重生……我告诉了女修道院院长，我为什么要离开。她明白，我的这些观点对她的那群‘羔羊’是多么的危险，于是赶忙把我放走了。就是那一天，我给我心爱的人写了一封信。……他把我出家进修道院视作记得的不幸，而深受折磨，耿耿于怀。一收到我的信，他像展开了翅膀一样飞奔而来。我们结婚了。我很幸福。我们有一个儿子……”

这是那个年轻女性的忏悔。我不只一天在思考这个令人惊叹的命运，请你也多加思考。请思考：应该怎样做，才能让科学的真理激动年少的心胸、激发青春的斗志。请回信谈谈，你对这个年轻女性的奇异命运有哪些思考，说说，有一部分年轻人对书籍、对科学、对共产主义思想很冷漠，这是为什么？

再见，亲爱的儿子。我们已经在等待你回来过寒假。

拥抱并吻你。祝你身体健康，富有朝气。

你的父亲

第十封信

亲爱的儿子，上午好！

你是对的：灵魂的空虚始于青年早期，当一个人学习、熟记多于思考的时候。“常常是这样，”你来信说，“甚至没有时间去深思科学真理的本质，因为需要学习、学习、学习……”

是的，情况令人遗憾的就是这样……但是，为什么一个中小学生和大学生不能在教师讲授知识的那些瞬间去深思这些思想的本质呢？为什么强大的精神力量——我们思想的真理，科学真理的宏伟——为什么这一切常常不能直抵人的心底呢？一个少女出家进修道院，她的这个行为让我们感到奇怪、诧异。但是，为什么这些事情却能够让我们无动于衷、心若止水呢？也就是，许多人对伟大的真理，对我们思想的美，对审美的价值，对人类之美敬而远之，反而乐于上啤酒馆，参加不三不四的娱乐晚会，——原因是什么呢？

赋予知识以人性，使教学充满高贵和高尚的

情感，在我看来，这才是中等教育和高等教育的第一要务。数学时代，电子时代，太空时代，每走一步你都会听到这些词汇。这都是一些不错的流行说法，但是它们没有反映出我们每天所发生的那些事情的全部本质。世界正在进入人的时代，这才是最根本的。有一种完全无法接受的，简直是愚蠢的趋势，不知为什么近段时间以来被强力地鼓吹。它认为，谁不具有数学才能，就被认为是有缺陷的——不幸的人，命运不济的人。假如说出了百分之一的基督教福音浸礼会教派团体的成员的名字，而这些成员都具有中等教育和高等教育背景，毕业于自然科学系所和中等技术学校的话，那么有些人就会陷入沉思：应该如何称呼我们这个时代——是数学时代，还是人的时代？

你在竭力学习成为一名工程师，这是很重要的，但是，首先应当力图学习成为一个人，这是更为重要的。现在比任何时候，我们都有义务去思考：我们在用什么浇灌人的心灵。我为一件事十分忧虑：从中学毕业以后，许多大学生就停止了人文修养。……我所指的，是青年人的广义上的人文教育——审美情感的教育，情感的细腻与美的教育，感受力的教育，同情心的教育，敏锐感的教育。为什么你与之朝夕相处的同学们彼此之间如此冷漠冷淡？为什么他们对与你形影难离的人做什么、想什么都无动于衷？为什么普遍的人，对于每一个年轻人而言，已经不是最为重要的认识对象？为什么正是对人的认识这件事已经不是你们，我的青少年朋友们，最感兴趣的认识活动？这一切都在于审美情感教育的愚昧无知。

防止灵魂的空虚，预防精神趣味的贫乏，这不是别人的事情，而应该是你们青年人自己的事情，你们每个人的事情。我已经写信告诉过你：在听课，看书，或者阅读学术刊物的时候，都必须领会其意义，深思其思想，必须在自己的意识中构建起你的知识框架。共产主义理想只有在那时对于你来说才会成为神圣的，至高无上的，即当你在认识世界时，能够自觉地将科学真理同你自己本人，同你个人的命运，同你的个性紧密相连。这不，你们现在正在学习辩证唯物主义理论课程中的世界的可知性内容。似乎这是一个纯粹的理论问题，没有太贴近生活实际。但是实际上，这是我们的优越的物质条件和充实的精神生活的根本本质。认识周围的世界，是为了造福人类。当你听关于世界的可知性的讲课时，请你想想你自己的实际工作，想一想，你用自己的知识、自己的劳动为我们人民的物质财富和精神财富能够做出什么贡献；想一想，你对大自然奥秘的探索活动，对世界的认识活动，对未识事物的阐释活动将会带给你什么快乐。请你给自己制订一个终生的自修计划：要知道大学毕业之后的十到十五年，科学知识的一多半的内容将会由全新的、你未曾学过的东西构成。

因此，人文修养、人性教育，这也是一种自我教育的过程。请把自己培养成为一个大写的人，这是最最重要的。学习成为一名工程师只需要五年时间，学以成人则需要人的整个的一生（учиться на человека надо всю жизнь）。灵魂自我修养的最重要的手段——是美。广义上的美，这美既是艺术，是音乐，也是对人的诚挚热忱的态度。对此，还需要很多、很多次的讨论。

我现在很忙——正忙于杀青关于中学教学教育工作体系的手稿，准备交付出版。

拥抱你并吻你。

祝你身体健康，富有朝气。

你的父亲

第十一封信

亲爱的儿子，上午好！

你的这封来信让我非常不安。现在我一心只想着你信中所写的那几个年轻人的可怕罪行。两个年轻工人和一名学生杀死了一个人……他们杀人只是因为好像是由于悠闲无事，就把一件琐碎的小事放大为一场争斗。

你在信中所写的这件事，让我一次又一次地深思青年人和中学生的教养问题，深思年轻一代人的精神生活。我们国家人口的一半左右是26岁以下的人群，这就是为什么需要记住和谈论他们，而且不是带着怜悯地谈论，而是带着忧虑地谈论。有一点让我久久难以平静：人们从中学毕业（或者提前辍学——从八年级就离校）之后，就完全脱离了智慧的、真正的教育者的教育之力的影响。在高等学校和技术院校中，实际上，除了少数院校外，大部分都没有实施教养工作。而这项工作实施的必要性是极其巨大的。我握有绝对准确的数据，它们响亮地证实：在许多地方，年轻人中所犯下的极端残酷的罪行（凶杀、勒索、抢劫、暴力）的数量在可怕地增加着，对此我们无权保持沉默。如果教养现状得不到改善，我们将会遭受无穷的痛苦。对此我们无权保持沉默，因为成千上万的年轻人正在长大，对于他们而言，杀死一个人就如同拍死一只苍蝇一样无所谓……

这算怎么回事？难道对此可以保持沉默或者平心静气地谈论？怎么能够谈论建立共产主义呢？如果我们身边有这样的人？当你看到，法庭判决枪毙一名犯杀人罪的 20 岁的青年人时，这个犯罪的年轻人在死者的口袋里找到了 3 卢布，并在当天晚上用这笔钱喝了一瓶伏特加酒(这件事情发生在克列缅丘克)，——你丝毫也没有变得轻松起来，虽然我们的青年一代总体上来说是非常优秀的，在我们青年当中有成千上万的英雄……

任何数学原理，任何计算机器都不能够计算出我们的损失，这些由于对年轻一代的道德教养持放任态度而造成的损失。假如同志们，那些拥护把义务教育学校教育的杠杆更多地向数学和物理倾斜的同志们，读完母亲们的来信，这些母亲的 18～20 岁儿子被宣判为罪犯了，那么他们就会明白，在所有的这些事情里隐藏着对我们的社会、对我们的制度的多么可怕的危险。它不亚于这样一个事实：一个毕业于自然科学系的女大学生，在获得了文凭后，却出家去了修道院……

也不应该对这样一个现象保持沉默，在青年人中正在形成一种可耻的习惯：在去俱乐部，去跳舞或上体育场之前，必须喝酒。酗酒成为灾难，——这不是一句漂亮的俏皮话，而是一个令人痛苦而揪心的真理。这个真理的苦楚一点也不会缓解，反而会因为苏联人遨游过太空并准备飞向月球而加深……

两个月前，我不得不出现在人民法院的审判大厅里。旁听一个19岁的小伙子的案子，他在舞场上寻衅滋事。当法官问被告“您的专业是什么”时，他回答说：“是流氓无赖。”他回答时带着挑衅，是希望让人觉得十分勇敢，但结果正好相反。在这种故意以高声的语气说出的词语里，明显让人感觉到一种苦楚……这些罪犯在我心中引起的首先是一种怜悯和同情。我怜悯这个即将毁灭的人。对那些断送他人性命的罪犯的愤怒猛然爆发了。然而，有罪的人首先是教育工作者，——对此我坚信不疑，——是广义上的教育工作者，包括父亲、母亲、老师、少先队组织和共青团组织。他们的罪过在于，他们错过了那些关键的岁月，当一个人还只是一个孩童和一个少年的时候，这时他是可随心塑造的。我一千次地确信，犯罪的根源起自童年时期和少年时期，而主要的、根本性的根源是情绪化的和审美上的厚颜无耻，是对所有活着的东西和美好的事物的冷酷无情和冷漠态度。一个男孩，如果毫无怜悯之心地毁坏花坛，折断树木，冷酷无情地虐待小猫或者小狗，那么这就是一个潜在的罪犯。对所有活着的东西和美好的事物的冷漠态度就已经在他的灵魂中扎下了犯罪的根源。从对所有活着的东西和美好的事物的冷漠态度到对人的冷酷无情——只有一步之遥。在人类的灵魂深处，天生就扎根了善良的、人性的、情怀的广大空间。我真想把这个空间比作一个安有千根琴弦的神奇乐器的广大音域——从最细腻的柔情和妩媚到为了人的尊严而随时准备作殊死抗争的铁骨。但是，这个乐器永远只会是个沉睡的巨人，如果人类的心灵不能受到教养，如果这成千上万的琴弦不能得到逐个单独的调试的话。这个美妙乐器中的最细腻的那根琴弦就是人性。你将来有孩子了，你会操心一件事情：如何让他们成为真正的人；那么你要知道，在人的造就中最最重要的，就是培育一种将人的生命当作最宝贵的、最无价的宝藏来珍惜的能力。任何时候都不会举手挥向他人的人，是那些在童年时起就把别人的苦乐放在心上，感同身受的人，是那些他随时准备放弃自己的快乐，贡献自己的福祉、幸福，为了父亲、母亲、姐妹、兄弟、祖父、祖母不再经历苦痛、悲伤的人。调整人类灵魂中的那根最敏感的琴弦——人性，这首先意味着教会一个人从孩童时起就为别人创造快乐，并因此而体验到高尚的人性的快乐。

我想，你和每一个年轻人认真听从父辈的教导、训诫不是多余的。这些教导、训诫涉及如何教育自己的孩子，如何防止这种最危险的、最可怕的恶——惨无人道和愚蠢的残忍的滋生、萌芽。这不，就在最近这段时间里，在基洛夫格勒（Кировоград），一名18岁的男孩用刀子从背后杀死了一名16岁的男孩，就是为了抢夺他的手表（而这块手表已经完全坏了）。这种残忍野蛮、惨无人道从何而来呢，这种用刀从背后杀死另一个人的兽性行为难道只是一时任性、顺手而为吗？我深入地研究了凶手的童年时期和少年时期。事实原来是，他从来没有为他人做过任何事情，也没有为亲人们的快乐做过任何事情。他没有栽种过一棵小树；没有栽种过一朵小花；没有给母亲送过苹果，一个在自己亲手栽种的小树上长出的苹果。他从来不会放弃实现自己的愿望（但是他的愿望已经变成了任性的苛求），以便缓解母亲的操劳。他长成一个冷酷无情的人，一个失去人性的人，而人对他来说只是模糊不清的个体。

但是，认为应该对罪犯的行为负责的人只有家庭、学校、少先队和共青团组织，那也是错误的。一个人进入少年时期后，在我看来，从12岁起，就已经应该开始自我教养了。在青年时代早期，从16岁开始，自我教养就成为每一个人、每一个中小学生、每一个大学生的最为重要的义务了。我想了解一下，你对自我教养的看法。你认为什么是最重要的呢？

再见，亲爱的儿子。希望你身体健康，富有朝气！

拥抱并吻你。

你的父亲

第十二封信

亲爱的儿子，上午好！

谢谢你的这封发自内心的，虽然有些杂乱的信。我高兴，既为它的真心实意，也为它的杂乱无章。写成另外的样子大概也不大可能：你在急于说出让你激动不安的一切。

因此，在自我教育中你认为最重要的事情是培养自律自制：善于迫使自己工作，自己设置目标并达成目标……意志力的培养，当然，是自我教养里的主要方面。但是依我之见，意志力却是自我教养的总结，而自我教养的实质要深刻得多。

自我教养始于自我认识。在一个青年人的生活中，最复杂和最困难的事情就是，尽可能从旁观者的角度发现自己，用合乎理想的和英雄主义的视角观察自己。我建议你：多多地阅读那些有关已抵达了人性之美的顶峰的人物的书籍。在我们的时代，也有这样的人物，他们的生命像舍己为人的丹柯（Данко）的功绩一样。

请读一本介绍米哈伊尔·帕尼卡科的小书。他是一个来自第聂伯罗彼得罗夫欣纳的21岁共青团员。他在斯大林格勒保卫战中，烧毁了法西斯的坦克，自己也牺牲在炮火之中。读完这本小书后，你就会用一双公民的眼睛看清你周围的世界和你自己本身。当他准备将装有燃烧液体的瓶子投向即将驶近的法西斯坦克时，一颗子弹打碎了瓶子，他的衣服突然被烧着了，他，像一只燃烧着的火炬，扑向坦克，用自己，用自己燃烧着的身躯，点燃了坦克。甚至连德国法西斯士兵都停止了射击，被这样的壮举惊呆了。米哈伊尔·帕尼卡科被称颂为伏尔加河要塞上的丹科。世界上还有什么行为能够与这样的壮举相比肩吗？他用自己的英雄壮举让斯巴达的武士，德摩比勒（Фермопилы）的英雄们都黯然失色。如果你能看见这只为保卫祖国而自我牺牲的活的火炬的话，它将照亮你的灵魂世界的一切，帮助你看见你灵魂里的那些最隐秘的角落。在各个瞬间里，你都会渴望成为一个道德美丽的人，渴望能够为祖国能做点什么，渴望投身于伟大的崇高的事业中去。

请不断创造这样的时刻——这才是非常重要的。请珍惜自己身上这些瞬间的崇高的道德热度吧。运用崇高的和英雄主义的视角，你最终将会对自己提出这些问题：我是什么样的人（Кто я такой）？我为了什么而活在世界上（Во имя чего я живу на свете）？我能不能建功立业（Способен ли я на подвиг）？

请读一读有关西伯利亚的联合收割机手普罗科费·涅克托夫的那本小书。在战争中他失去了双腿。战前他在集体农庄当联合收割机手。从军队医院返回后，他忧郁沮丧起来。他感觉自己成了家庭的累赘。正是鲍·波列沃依的《一个真正的人的故事》（Повесть о настоящем человеке）一书教会了他生活。他在自己身上找到了意志的力量和勇气：学会了用假肢行走，后来又操纵方向盘驾驶联合收割机。因为出色的劳动，政府授予了他“社会主义劳动英雄”的崇高称号。

在敖德萨的农业实验站工作着伊万·卢基奇·摩尔达维斯基。在战争前线，他身负重伤，医生截去了他的双手。他的左腿也严重变形，不能弯曲。正是这样一个人竟然完成了农学院的学业，成为一名农艺师。

像普罗科费·涅克托夫这样的英雄，我认识18个。在哈尔科夫州的彼得罗帕夫洛夫斯克镇（它离我们这里非常近）生活着格里戈里·尼基福罗维奇·兹米延科，一个拖拉机手。战争已经结束了数年之后，格里戈里的拖拉机被地雷炸毁，他虽然活下来了，但失去了双腿。也和普罗科费·涅克托夫一样，他在自己身上找到了重新归队的意志力。如果描写出所有这些毅力惊人的人们的生活，就能够编成一部勇敢精神的文选，编成一本青少年用的生活教科书。它对青年人必将是一部自我教育方面的最有力的、最有效的辅导材料。可是，暂时还没有这类书籍，那就请读读介绍那些真正的英雄人物的小书吧。

你记得，我夏天曾答应给你讲讲苏联战士阿列克谢·别丘克（Бетюк）的英雄事迹。在执行战斗任务时，他不幸被法西斯分子抓获。他被带到法西斯军官那里。在回答所有的问题时，他只说“没有”“不知道”。于是，一个希特勒强盗割掉了阿列克谢的左耳。别丘克哆嗦了一下，但是没说一句话。刽子手们又割掉了他的右耳。不论是保全性命的承诺，还是枪毙的威胁，都没能动摇这位英勇的苏联战士。法西斯分子们想出了新的折磨办法。他紧闭的嘴被撬开，他的舌头被拉出来，被用钉子钉在桌子上。其中一个刽子手用匕首在他的舌头上慢慢地划割。一无所获后，野蛮的强盗竟割断了别丘克的舌头。而在快到深夜的时候，希特勒分子把别丘克带到河边，强令他跑，然后从背后向他开枪。阿列克谢跌倒落入水中，而这反倒救了他。他经受了地狱般的疼痛，辗转到前线阵地，被我方的战士们发现，送进了战地医院……

我在战地医院见到过阿列克谢·别丘克。我和他在医院几乎并排躺着。这就是讲给你听的又一个飞上道德之美的巅峰的人的光辉榜样。数十位苏联战士建立了这样的功绩，但是，遗憾的是，还没有出现描写他们的书。我相信，这样的书一定会出现。这些书一定是精神自我教养的不可替代的辅助材料。请你好好思考一下阿列克谢·别丘克的英雄事迹吧，我的儿子。请用他的这些英雄壮举的明亮烛光照照你自己的灵魂吧！建立这样的功勋是每一个苏联青年的责任，应该时刻准备好。你将成为一名战士，成为祖国的捍卫者。请记住，在任何时刻你都应该准备好随时为家国的自由和独立而战斗。如果战争的火焰一旦爆发，就要求你，要求每一个苏联战士，具有巨大的坚忍不拔精神、巨大的精神力量，英勇顽强、舍生忘死。你要知道，在我们的生活中，有一些东西是无法比拟的，是高于一切的。那就是祖国、亲爱的人民和我们心爱的家国。如果没有我们当中的任何一个人，祖国也能够运行如常，但是我们当中的任何一个人如果一旦离开了祖国，他就将毫无价值。自我教养首先就是自己把自己教育成为一名英勇的爱国者。

这不，现在转回到你的来信了。在信中，你谈到了一些年轻人所犯下的可怕罪行。他们的灵魂之所以空虚而贫乏，愚昧而狭隘，首先是因为，在他们的灵魂里缺乏一种最最重要的人性的核心之物——对祖国的热爱。热爱祖国，这是一种最纯洁的又最细腻的，最高尚的又最强烈的，最温柔的又最无情的，最亲切的又最恐怖的感情。一个人只有真正地热爱祖国，他才是一个全方位的真正的人。

请在你的身上培育这种神圣的情感吧，儿子。我们的祖国就是一棵枝繁叶茂的千年大树，因此，让我们中的每一个人都不做这棵大树上的一个干枯的、无果的枝节，而做一个生机勃勃的、果实累累的枝桠。请记住，我们的祖国从未被任何一个侵略者征服过！你知道，我们国家的真正的爱国者可以被杀害、可以被烧死、可以被活埋，就像那些法西斯恶魔所做的那样，但他永远不可能被征服。

请努力做一个真正的人。愿自卑感与你的心灵格格不入，愿你的意识不会知道这样的观念：杰出的人都是一些特殊的人，而我嘛只不过是一个渺小的、普普通通的人……苏联人绝不是命运的浩瀚无际的旋风中的一粒微尘。请面向理想，追求道德之美的最高的巅峰……

请磨砺自己身上的人性，使其更加完美。首先，请把对恶、对虚假、对欺骗、对侮辱人的人格的现象的敏感度打磨得极其细腻。对此，重要的不仅只是意识，而首要的是辨别力。例如说，有人正好在你的眼前侮辱他人。如果你对这件，也许是很小的事件闭眼不见，那么很快你就会对一切事情都熟视无睹了。必须磨砺灵魂的敏感度，使你的情感更加细腻起来。愿在你的意识里还没有来得及“成形启动”一个念头：一个被流氓侮辱的少女，她必须获得帮助，——而你的灵魂已在仇视恶，你的情感已驱使你去为善良而行动。

磨砺人性的是美（Оттачивает человечность красота）。“一个手里握着鲜花的人是不可能做坏事的”——我时常回想起弗·索洛乌欣（Солоухин）的这些诗句。这鲜花我是从广义上理解的，也就是所有的美的事物。詹姆斯·奥尔德奇好像说过，不可能成为一个犬儒主义者，又同时喜爱狄更斯。这是水火难容的。如果一个人从童年起就受到美的东西的教育，首先是美好的书籍的教育，如果在他身上发展出对感受的能力，怜悯之情，面对美的事物而欣喜之感，那么不太可能的是，他会成为一个没心没肺的人，一个卑鄙粗俗的人，一个好色淫荡的人。美，首先是艺术美，能够教育人们行为举止的细腻感，而行为举止越细腻，一个人对世界的感悟力就越敏感，他给与世界的馈赠就越多。……我不能忘记一个年轻女人在努力克服了自己身上的宗教世界观和宗教伦理后所说的那些话语，她说，她自己在中学和大学时代的学习目的是，把知识铭记在大脑里，然后在测验或者考试中回答完提问后，就把这些知识抛到脑后。这种对待知识的态度里就隐藏着对待任何事物的危险性。它对于文学，对于艺术价值而言，就是一种屠杀。文学在中学里的学习，不是为了考试及格。文学应该走进每一个人的精神世界里去，一生一世，成为与美好事物接触的日常功课。文学只有在那时才成为生活的教科书，即形象地说，当文学的翅膀翱翔在美的强劲的空气中的时候，如果失去了美，失去了审美感觉，文学这只鸟儿就会像一颗石头一样跌落在大地上。

这不，还有一点让我担忧的是，在你生活中有没有这种与美的事物的日常接触？在宿舍里我几乎没有看到你有什么文艺书籍。在你的书架上只放着两本书：一本是奥莉加·贝戈尔茨（Берггольц）的《白天的星辰》（Дневные звезды），另一本是格·秋秋尼克（Тютюнник）的《旋涡》（Вир）。这两本书很好，我非常高兴，当我看见它们的时候——你的时间没有被白白地浪费。要知道，一个人终其一生所能够读完的书不超过两千本。……而书籍浩如海洋。而在这书籍的海洋中，一本本好书像一个个小小的岛屿，彼此相隔绝；你要学会流连于其中的每一个小岛。……在这个书的海洋里，很容易迷失方向，也很容易遇滩搁浅。……要像逃避火灾一样，逃避低俗卑劣的低级读物，如各式各样的冒险小说和侦探作品等蹩脚的东西。对此，培根（Бэкон）有这样的名言："有一些书，只需要浅浅地尝尝，有一些书则最好吞咽下去，只有不多的几本书值得反复地咀嚼和消化。"

请不仅仅读，而且是反复地读。有些书，人在一生中需要反复地阅读数次，而每一次的重新开卷都将会在你的面前打开美好事物和人类心灵的越来越新的疆界。我多次地阅读了列夫·托尔斯泰的《复活》、陀思妥耶夫斯基的《白痴》和《罪与罚》、但丁的《神曲》、莎士比亚的《哈姆雷特》。16 岁时阅读这些作品是一回事，在 20 岁时阅读这些作品则是另一回事，而当我 30 岁时再来阅读这些作品的时候，我对这些作品的感悟就完全是另一个境界了。……对此，你可以用自己的切身体验来加以确信；随着年龄的增长，你喜爱的书的范围将会越来越小，但能够被留下的这些书就的的确确是让你难以割舍的好书了。正因如此，我建议你立即开始重新阅读你还在中学校园里时读过的那些书。这对于陶冶性情是如此的必要，就像对悠扬的音乐反复聆听一样。要知道，我们数十次地聆听《天鹅湖》，但是这神奇美妙的音乐从来没有让我们厌倦。对那些不朽的文学经典的反复阅读，这首先就是对人的自我本身的认识。当你第五次、第六次、第七次阅读契诃夫的《草原》，他的那些惊艳动人的故事的时候，你会希望自己变得比你现在更好些。而高尔基、柯罗连科、肖洛霍夫、普里什文、帕乌斯托夫斯基的作品——我不能够活过一个月，如果不读读这些语言大师的作品里的哪怕一个片段。请你读读当代作家的作品。我建议你读读所有出自下列这些小说家和诗人笔下的作品，他们是西蒙诺夫、索洛乌欣、特瓦尔多夫斯基、贝戈尔茨、希帕乔夫、谢利文斯基、加里宁、尼林、坚德里亚科夫、马丁诺夫、斯捷利马赫、贡恰尔等。如果你不渴望再读第二次你所喜爱过的书，那么你就还没有形成审美感觉。

请记住，书籍是人类积累的千年智慧。“当我们第一次阅读一本好书的时候，”伏尔泰（Вольтер）写道，“我们就获得那样的一种感觉，就像结识一个新的朋友。如果重新阅读那本已经读过的书——那就意味着重新认识一位老朋友。”愿你拥有更多的老朋友、好朋友。读书——这并不是一个机械的过程。它是一种创造。请努力掌握好这门技艺吧，它是一种技能。读书——就是教育自己，读书——就是思考，读书——就是判断。

请原谅，我这封信写得太冗长了。况且，这个难题是无法穷尽的——那就是自我教养。

祝你身体健康，心情愉悦！

拥抱你，吻你。

你的父亲

第十三封信

亲爱的儿子，上午好！

我很高兴，那封谈自我教养的信引起了你如此之大的兴趣。你非常细腻地看出了现代年轻人（当然也不只是年轻人）的一个特点——极端的，有时甚至是病态的神经兴奋性。我相信，人们之间的许多冲突，不少时候是争吵，它之所以发生，是因为人们不善于控制自己的情感，或者更坏的是，人们完全不进行情感的自我教养。

而自身教养的情感区域——这是我们这个时代的一个十分严肃的问题，尤其是对于青年人而言。在数千年的长河中，人的生活基本上是取决于肌肉的力量和神经系统里的如下一些粗线条的性质，即固执和残忍。而在最近的几十年间，人的生活能力几乎毫不例外地依靠神经系统中的那些最细腻的和最复杂的机制。况且这些机制又是极易受刺激的。两年前，你大概还记得，我们镇子上发生了这样一件事。三个朋友相会了：一个是军校里的学员，一个是年轻的工人，一个是大学生。他们很高兴这次会面。不一会，其中一个人对另一个人说了一句不很愉快的话，小伙子们激情燃烧，很快从动口争吵转变为动手斗殴。……他们打完架，被带进警察局。在警察局这里他们倒安静下来了，随后这三个年轻人开始回忆：究竟是什么惹得他们打了架呢？一切究竟是因何而起呢？他们怎么也回忆不起来了。其实，这就是极端的神经兴奋性惹的祸。在当今世界上，一个人的行为在关键时刻取决于他的最细腻的、最敏感的区域，这些区域支配着他的思维，他的情感。究竟怎么办呢？如何才能调节自己的情感呢？

最主要的是，要让每一个年轻人记住：不要用粗暴的情感来填充思想上的贫乏和平庸，即那些表现在大喊大叫里的，表现为残酷无情的，表现为凶残暴怒的情感。在人的心灵深处的某个地方，在潜意识里，沉睡着本能天性，如动物般的恐惧不安、凶残暴怒和残酷无情。一个人的文化修养越少，他的智慧倾向、审美兴趣越贫乏简单，那么他的本能天性就越是经常苏醒，就越会以粗暴的行为方式让世人认识他。当一个人没有什么更多的言辞来证明自己的正确性时，那么他会要么直截了当地说，他再也不可能证明什么了（这么做的人是具有高尚情感和智力修养的人），要么立马大喊大叫，即用“本能天性的暴动”来填充思想上的贫瘠。应该珍惜神经系统的情感区域——你自己的和他人的。请记住：细腻的情感源泉，当代人所需要的细腻情感，如同空气一样，存在于思想的细腻性中，存在于智力的丰富性中。感情提高思想境界，但另一方面，真正人类的情感不可能脱离思想而存在——从思想里诞生情感，思想滋补感情，感情因思想而存活。由于思想的丰富性，它，人类的情感才能变为人类的精神世界的独立的力量，——这种情感才能够唤醒人去做出高尚的行为。

如何培育自己身上的情感细腻性呢？首先，请任何时候都不要忘记，你是生活在人们中间。任何时候都不要忘记，同你一起劳动的那个人，他有着自己的烦恼、忧愁、思想、感受。应善于尊重每一个同你一起生活和劳动的人身上的人性的东西——这，大概，才是最大的人类的技能。情感的细腻性只能在集体中获得培育，只能借助于同你周围的人们所进行的经常不断的精神交往。是此，我们开始谈谈精神自我教养的一个极其重要的问题……

究竟在何处才能历练、打磨情感，如果不是

在志同道合的友谊之中，这种充满了智慧的、审美的情趣的友谊之中？请在友谊中培育自己的情感。友谊可以帮助你对你周围的每一个人身上的人性的东西形成一种细腻的敏感力。

然而，什么才是那种真正的友谊，那种能够从精神上丰富人的，帮助人压制自己身上的本能天性和发展人性的东西的真正的友谊所需要的呢？它需要的是你的个人的精神丰富性。你只有在这种情况下才能获得精神的丰富性，也就是当你能够为你的朋友奉献的时候。精神价值观的相互交换——这才是培育情感的细腻性，形成自己善于感受人性的东西的能力所必需的。当然，一个新的集体建立才仅仅几个月的时间，不能要求你已经结交了朋友。但是，你结交朋友的那个时刻毕竟终究会到来的，一个你会与之分享自己的思想和情感，能够同甘共苦的朋友。

假如我现在有机会到你那里去的话，那我就会过来，把你的室友们召集起来，邀请其他的同学，并对他们说："我的年轻的朋友们，请你们珍惜心灵，培育情感。请你们记住，在我们的时代，人对于周围世界的影响逐年变得越来越敏锐了。在这种思想——人与人是朋友、同志和兄弟——里蕴涵有深刻的含义。但是，这个深刻的含义远远不是经常被人理解。成为一个朋友——这意味着首先是培育人，确认他身上的人性的东西。”

教养实质上就在于这样一点：努力压制自己身上的动物本能，发展一切人性的东西。而人性的顶峰就是共产主义的教养（Вершиной человечности является коммунистическое воспитание.）。

我想起了一个德国共产党人的故事。故事讲的是，法西斯分子如何竭力从幼年起就灭绝人们身上的所有人性的东西。在希特勒统治下的德国，每一个少年，当他们夏天到达“希特勒青年”集中营后，都被分给一只兔子——一只弱小的、温顺的、长着绒绒细毛的兔子。孩子们喂养这些小兔子，照顾它们，依恋这些动物。到夏天结束时，这些小兔子都长大了，变得令人爱不释手了。在孩子们动身返家的前夕，一位青年工人党（югендлейтер，即教养者）问孩子们：他们是否准备好完成元首的任何任务了。是的，当然，我们每一个人都准备好了为法西斯帝国（райх）献出生命，孩子们回答道。教养者发出命令：每个人必须杀死自己的兔子。他说：“你们要学会压制自己身上的怜悯之情。”

于是这种方式就培育出了法西斯的杀人犯和暴力者。大概，那些兽性的本能，即对一切有生命的东西、对一切美好的事物的怜悯之心的缺失，对另一个人的精神世界的绝对冷漠，就成为任何一个杀人犯、暴力者的心理基础。应该时刻培育自己、培植自己对一切有生命的东西、对一切美好的事物的怜悯之心。你也会有孩子的，请记住：孩子对待别人的态度、他的道德境界源自他小的时候如何对待鸟儿、鲜花、树木。

我会寄给你一本书，是 A. 圣埃克西佩里（Сент-Экзюпери）的《选集》。真希望你能够认真地读一读童话《小王子》（Маленький принц）并思考它。

祝你身体健康，富有朝气！

拥抱你，吻你！

你的父亲

第十四封信

亲爱的儿子，上午好！

我感受到你信中的慌乱。一个一年级女同学的话让你感觉到是那样的完全在意料之外。让你十分惊讶、目瞪口呆的是，她几乎和那个大学一毕业后就出家进了修道院的女孩子一模一样，是一个虔诚的信徒。对我而言，这里没有任何一点令人意外的东西。也就是说，教养的不足在此已经深深扎根了……我多次思考你的这个女同学的话："科学清晰地阐明了：人类没有不朽的灵魂，而且人类会和动物一样，彻底地死去；但是，科学在阐释这一点之后，却掏空了人类的灵魂。信教的人却可以由宗教给与安慰，而科学在没收了这种慰藉后，却没有给予任何补偿。"

非常严肃的话语。我想起了一封信。它是我在《科学与宗教》杂志上发表了我的一篇文章之后收到的。这封信寄自一位16岁的少女，一个师范学校的女大学生。这不，放在我面前的就是她的信。姑娘这样写道：

“我暂时还不是一名信徒，但是好像，很快我就会成为一名信徒了。而且，让我成为一名信徒的，不是某些宗教狂热分子，如人们通常对此所想象的那样，也不是因为有信教的父母，而是在我的灵魂里有某种东西在起变化，究竟是什么我也弄不明白。在自然科学的系列讲座上没完没了地灌输妇孺皆知的真理：人注定是必死的，就像，比如说，牛或者马一样。就像牛和马没有不朽的灵魂一样，人也同样没有它。人一旦埋入土地里，就会腐烂，这同样的命运也在等待着猫和狗。而对不朽的灵魂的臆造——全都不过是宗教的神话，用以贬低人类。您也不许思考灵魂不朽——这样您就会昭示出自己的无知。

“当然，这一切并不总是呈现为这种形态和形式，但我感知这一切时就正好用这种方式。因而我感到深深的不安。这些真理的赤裸裸震撼着我。难道人的身上终究一点儿也没有这种，比如……属于人的东西，哪怕是与不朽的灵魂稍微相像的东西？我不想与动物相像。请您相信，在听完一次课堂讲座之后，我不能入眠——在这次课堂里，教授用无情的客观性证明：在生物化学方面，人是这样的存在物，和任何动物一模一样。一整夜我都没有睡着。我渴望自己身上具有某种深刻的精神性的东西，人类专有的东西。我始终渴望，人应该拥有某种哪怕只是近似于永存不朽的东西。……我开始遁入宗教的世界。在这个世界里，如果您相信，我在寻找着摆脱无情的唯物主义的拯救之途。唯物主义让我觉得是一种没有灵魂的、盲目偶然的力量。往后我该怎么办呢？请您为我找到一个支撑之点吧：生命的快乐在哪里，如何摆脱那些纠缠难去的思想，这些思想涉及死亡，涉及人一旦埋入土地里，世界、太阳、星星便随着我的意识的消逝一起消逝，这些对于我，当然……请给我指点：我该怎么办。”

这是一封出自一个非常聪明的，对周围的世界感受十分细腻的女孩之手的信。她要求对她的名字保密。她的信几乎一字不漏地重复着你那个同班女孩的思想。这个困扰着这两个女孩的问题非同小可。令我十分震惊的是那个只有半桶水的无神论的肤浅愚昧、极端的缺乏文化，而这种无神论正是许多授课者、教育者和作家在卖力地贩卖的，正是它，与其说是在帮助人们摆脱对上帝的信仰，不如说是在将人们推入宗教的怀抱。在这种文理不通的无神论里，最为贫乏无聊的一点就是，把下列论题作为证明上帝不存在的主要王牌、主要证据展示出来：人类没有任何一种不朽的灵魂，人会消失得无影无踪，像任何动物的消逝一样。很难找到比这种说法更贬低人类的话语了。

是的，我很难，我非常难以回复这个16岁的女学生的来信。我也很难回复你的这封信，况且还要你把我的这些话转达给你的那位女同学（或是，如果可能，甚至让你给她读我的这封回信）。

在人类的生活中，最令人厌恶的东西就是死亡。对死亡的厌恶是贯穿人类整个精神生活的红线。正因如此，宗教，那些允诺死后仍有生命的宗教，就获得了千百万人的巨大的认可。“对死亡的恐惧将人驱赶进了信仰的牢笼（Страх смерти гонит человека в темницу веры）”，高尔基这样写道。但是，唯物主义、科学却揭穿了关于上帝、天堂和地狱的种种神话，给人们展示了这些神话的幼稚无知。应该与死亡的可恶性作斗争的只有人自己。

这场斗争的实质在哪里呢？而是在于，人类生活的一日日、一周周、一月月、一年年都在被某些东西填满。穆萨·贾利尔曾经想在自己身后留下“更深一点的、更显著一点的痕迹，以便让你的事业长留，好像千年的橡树一样……”他是留下了这样的痕迹。但是，你会说，不是每一个人都有能力在自己身后留下痕迹，就像穆萨·贾利尔所做的那样。有一点我坚信不疑：人类的个性是取之不尽的；每一个人都是一个创造者，能够在自己身后在大地上留下自己的痕迹。要知道，正是为此，我们才在建设共产主义。不应该存在无人察觉的人，那种被称作一颗无名的微粒尘土的人。每个人都应该闪闪发光，就像天空上数十亿颗宇宙恒星一样闪耀。做一个无法复制的个体——这在很大程度上取决于个体本身。应当力求避免一点：不要成为一个灰色的、不起眼的个体。

创造——这才是通往战胜死亡之可恶幽灵的必由之路。对创造的渴望伴随着人类直到最后一刻，这也是人类的巨大的幸福。工作到最后一刻的有阿列克谢·托尔斯泰、谢尔盖·普罗科菲耶夫。科学不能提供任何东西，以补偿宗教在欺骗人们的时候所提供的东西。科学告诉人们真相（Наука говорит человеку правду）。如果宗教许给人们对死后生命的希望，按照宗教的世界观，并可以用祈祷、斋戒，对命运的绝对顺受而获取的话，那么科学会说：“这不可能。人才是其自身永存不朽的创造者。”

谁说过人类没有灵魂？灵魂人类是有的，并

且人类的灵魂极其丰富，是宗教所极力确证的那种灵魂所无法比拟的。人类的灵魂——这就是人的强有力的精神、他的思想、他在认识自然的力量时，在服从自然的力量时所表现出来的勇敢大胆的冲动。正是这种灵魂，人类可以使之变得永存不朽。

有一种创造的领域，人类可以在其中真正地达到永存不朽。这种创造就是塑造大写的人。父亲和母亲创造出新的生命体——儿子、女儿。这是最崇高的、最不朽的创造。此处通往不朽的道路在于，在孩子们身上复现父母亲自己，但是，应该是在最高的基础上的复现——把孩子培养得比你自己更完美。

你现在在读些什么？在读科学文献里面的什么，或者文学作品里的什么？请留意一下：《乌克兰艺术史》第一卷是否已经问世。只要它一面世，请即刻买两份，并寄回来（有一份是中学图书馆需要的）。

愿你身体健康，富有朝气。

你的父亲

第十五封信

亲爱的儿子，上午好！

就这样，第一学期结束了。两个五分和一个四分的成绩单——一眼看去好像很不错，但请你仍然记住列夫·托尔斯泰的这句话：应选择比你正在游去的地方更上游的位置去游，否则会被水流冲走（брать нужно выше того места，куда плывешь，иначе снесет）。

你的来信让我非常高兴（虽然你好久没有写信来了，几乎两个星期了）。非常好的是，在你们的集体中正在苏醒着智力方面的兴趣：你们开始争论，而且争论的还是这样的问题——自由与义务。你们邀请我参与你们的争论，那当然，我很高兴参加。你在信中说，在你的同学中有些人坚持这样的观点：在某些活动领域内（在个人生活的一些问题上，按你的话说），人是绝对自由的，在另外的一些活动领域里，自由受制于社会的各种要求。你不同意这样的观点，因此我支持你。你的这个观点（“成为一个自由的人就意味着总是善于正确地说话办事——也就是行为举止符合人民的利益”）实际上是重复恩格斯（Энгельс）的这句名言：“意志的自由所表示的，由此可见，不是别的，而是根据对事物的认识而作出决定的能力。”青年人都有用自己的语言表达最复杂的想法的渴望，这也很好。绝对的自由是没有的，也不可能有。要知道，人是生活在人群之中的。弗·伊·列宁教导我们：生活在社会中并成为一个脱离社会的人那是不可能的。在你的那些反对者中，有人在用隔板隔离生活：在隔板的这一边，是人在环顾社会规范时所能够做的事情；而在隔板的另一边，是人在绝对不考虑别人的存在时所能够随心所欲的事情。这种划分方法实质上是以小市民的哲学为基础的：在工作单位里，他可以显得体面端庄，清清爽爽，可是在家里，他却对亲人拳脚相加，是吸血鬼、暴君、亲人的折磨者。该有多少这种人存在于我们的社会之中啊！绝对自由的念头是十分有害的，特别是在亲密的、道德美学关系的领域里——在爱情、婚姻、家庭生活中。在人类的生活的这些领域里，自由首先是最巨大的责任感。对此，列昂尼德·马丁诺夫（Мартынов）说得好：

我理解透彻了，
怎样才能成为一个自由的人。
我仔细分辨了这种困难的感情，
这一世界上的最私密的感情。
那您知道怎样才能成为一个自由的人吗？
要知道这意味着你将对一切负责任！
我将对这个世界上的一切负责任——
对叹息，对眼泪，对悲伤和丧失，
对信仰、迷信和不信任何神。

顺便说一下，如果你还没有读过这位出色诗人的诗歌，那我给你寄一本他的选集来。

苏联人实质上是自由的。但是，我们，共产党人，从不隐瞒这一点：我们只把自由理解为一种以人民的利益为宗旨的行动。在我们的国家里，对战争、暴力和腐化堕落的鼓吹是要受到法律的惩处的，对此没有，也不可能有任何个人的自由。假如每个人都可以随心做他想做的事，那么社会就会变成一座疯人院，人们也就会非常害怕出门上街了。苏联人的自由的基础就是社会利益和个人利益的和谐一致。社会所关注的，是使你，一个大学生，能够学习好，成为一名合格的专门人才。这符合劳动人民的利益。也就是说，你有自由选择上千条途径，以使你能够尽可能学习得更优秀。你只是不能随心所欲地选择这样一条路径：逃避学习，无所事事。

众所周知，在亲密的、道德美学关系领域里的所谓“绝对自由”这一资产阶级思想会导致什么后果。在这个领域里，它只能制造孩子们的痛苦和眼泪，母亲们的不幸，扭曲的童年，在这被扭曲的童年的心灵里对善良的怀疑。我认识一些这样的孩子。……他们的父亲，显然，由于信奉“绝对自由”的思想，本该受到严厉的惩罚。遗憾的是，在我国道德的准则没有做到总是能够与法律法规相吻合。

最主要的是人自身的意志力、自我节制力。应该细腻地感知三个情态：可以、不行和应该。谁能够感知这三个东西，谁就具有了一个公民的最重要的特点——责任感。责任，就是行动中的自由，是崇高的思想对人类行为的高尚化。所谓崇高的思想，是指我为何这样做，我因何而如此行动。我们的社会是世界上最公正的社会，因此，履行责任不会束缚人，不是掣肘人的意志力的自由，恰恰相反，能够保障人的真正的自由。

“自由不在于开始行动的能力（возможность начать），而在于结束行动的能力”，费尔巴哈

（Фейербах）这样说。在这一智慧的思想里包含有自由和责任合二为一体的细腻感。我想起了达尔文的话，他说：责任和良心这两种道德感构成一条最为重要的区分线，它将人类与动物区分开。

义务和良心——这些道德情操构成了人区别于动物的最重要的特点。请努力发展你身上的人性的东西。请遵循歌德的教诲："如何认识自己？不是通过直觉，而只有通过活动。如果你尝试着完成自己的责任，那么你就能了解你真实的自己。"

祝你身体健康，富有朝气！

拥抱你，吻你。

你的父亲

第十六封信

亲爱的儿子，上午好！

我在柏林给你写信。临行前，我对你说过，我将在柏林旅行15天左右。但是，来柏林后，我一直努力加快进程，努力不浪费时间，提前离开回国。我在民主德国的时间约为10天。

我这不是第一次出国了：我曾经有幸到过许多国家。每一次，当命运将我抛到远离故土的地方的时候，对祖国的爱就以新的力量再一次觉醒。在远离祖国的地方，你会特别深切地感受到自己对我们家国里所发生的一切的责任感。只要你的某个外国交谈者谈起什么：比如，或者谈论到苏联的学校，或者谈论我国的经济状况时，——你的心就会狂跳至休克，就好像是在谈论你本人。听到对祖国的所有褒评该是多么快乐啊！当你听到他们把自己的祖国视作人类的指路明灯的时候，该有一种怎样的自豪感充盈着我们的心灵！而当我们的朋友对我们的某个不足，有时甚至是某种缺陷，表示惊讶的时候，我们会觉得是多么刺耳啊。

你在未来，也许，也有机会走出我们的国门。但要记住：祖国是你的摇篮，是你的家，是你幸福的源泉。这是你的祖辈们的土地，上面流淌过他们无数的鲜血和汗水。在亲爱的家国里，有好，也有坏。如果你看到一件不好的东西，那请不要忘记，这是发生在你的家里的，在你的摇篮里的不好的东西。对在自己家里发生的不好的东西感到幸灾乐祸的只有下流无耻的人。请不要回避恶的东西，而应该这么做：让善良取代你亲爱的家里所发生的恶。你只有在一个时间里有权谈论在你家里所发生的恶，也就是当你为她做了一件善事的时候。你对这恶说一句话的权利，必须是用十件善良的行动才能获得。

祖国，是一位温柔而又苛求的母亲。母亲会非常痛心的，如果她的儿子变成了不好的人——懒惰的、无情无义的、意志薄弱的、虚伪的、不诚实的人。祖国，也会像一个亲生母亲一样痛心，如果你不能成为一个真正的人的话。请这样地生活和劳动吧：让祖国为你而骄傲。请学会从最高的境界上审视你自己——从祖国人民的最高利益的角度。

请以自己的先辈为自豪吧——那些为祖国的

自由和独立而战的战士们，那些为把劳动人民从剥削和压迫之中解放出来而战的战士们，那些为了夺取社会主义革命胜利的战士们，那些从法西斯手中拯救世界的战士们。你的祖国的那些伟大儿女们的名字，是你心中的圣地，是你的骄傲。请记住，我们的祖国是世界上第一个社会主义国家。她开辟了人类奔向共产主义的道路。这是你的民族的骄傲。请记住，我们的祖国给了世界一位伟大的列宁。

我经过波兰、德国时，看到了坟墓，这里安息着苏联军人的遗骸。成千上万座，成千上万座，成千上万座，阵亡将士的坟墓。我们祖国的数百万儿女为了让世界千秋万代免遭法西斯的奴役而献出了生命。我经过了一个小站，在这里我曾与法西斯分子作战。火车在这个小站没有停，乘客中甚至没有任何人看看窗外……可是，为了这个小站，牺牲了我们 300 多名战士，我的朋友雷森科中校也牺牲了……

我到了布亨瓦尔德，——现在这里是法西斯主义死难者纪念博物馆（музей-памятник жертвам），而在战争期间，这里曾是最可怕的死亡集中营之一。你会感到毛骨悚然，当你看到，法西斯分子在这里如何用德国人所谓的精确性和条理性屠杀了几十万受难者（一般认为是几十万，但是也可能是几百万，人们无从知道，因为所有的文件都被销毁了)，其中绝大部分是苏联人。在这里，我看见了干枯的人头和用人皮制作的手提包，——这些都是法西斯分子用以消遣的东西。我看见了数十万妇女的发辫——法西斯分子用这些人的头发制作了袋子和床垫。我看见了用人的骨头熬制出来的肥皂，看见了田地，德国的农民们用人的骨灰制成的灰烬在这里施肥。现在，这些农民的儿子们都是——共青团成员，他们欢迎我们——苏联国家的友好使者……

一种可怕的命运威胁着世界。在博物馆里，我看到了法西斯分子的计划：他们曾准备完全灭绝斯拉夫各民族，在各个火葬场烧死 2 亿人，而把约 5000 万人绝育后变为奴隶。请记住，把人类从这个威胁里拯救出来的人是那些躺在白桦树下的普通的苏联军人。

请记住，为了你的幸福，在死亡集中营罪恶的焚尸炉里，在为保卫每一寸土地的殊死战斗中——从伏尔加河到柏林，苏联人民献出了生命，你的同龄人牺牲了。请记住，我们的祖国经历了死亡的危险；在战场上的每一个战斗中决定着：存在还是灭亡。请记住，我们祖国的 2200 万优秀儿女在保卫你的摇篮的时候，牺牲了。数百万母亲不知道她们的孩子埋葬在哪里。

请向英雄们低头致哀，敬奉鲜花。

请记住，每一个民族都有自己的最神圣的珍宝——那些英雄们，那些献身于人类的自由和幸福的英雄们。愿对下列英雄们的记忆让你永远感到珍贵：伊万·苏萨宁、乌斯季姆·卡尔梅柳克、亚历山大·乌里扬诺夫、桑多尔·佩捷菲、谢尔盖·拉佐、恩斯特·台尔曼、卓娅·科斯莫杰米扬斯卡娅、尤利乌斯·伏契克、亚历山大·马特洛索夫、尼科斯·别洛扬尼斯、穆萨·贾利莱、胡利安·格里马乌。请记住，人民把2200万牺牲者当中的每一个人都敬奉至英勇精神和英雄主义的高峰。愿英雄们的骨灰时时敲打着你的心。

或许，你在惊讶：为什么父亲一点也没有在信中讲述国外生活中的趣闻轶事、风土人情；为什么他却讲那些早已尽知的旧事……是因为，在这里，无论我看到了什么，听到了什么——我都会想到祖国，看到祖国。我在想现在正值20岁的青年一代，出色的一代，你们令人羡慕的命运，亲爱的儿子。你和你的同龄人们将会生活到21世纪初，那时你们会处在创造力的巅峰。然而，最让我不安的一点是：我们，你们的父辈们，是否能够将我们的全部精神财富、将一切我们为之付出极大代价而获得的物质财富传递给你们呢？你们能不能透彻理解，你们能否用整个心去感受，我们的祖国在伟大的卫国战争年代和国民经济恢复时期所经受的那些可怕的困苦呢？

真希望，你们能够配得上做我们的接班人。真希望你们能够珍惜老一代所创造的一切。因此，最主要的是，使你们中的每一个人，我们的接班人，把这一点视作生命中的重要事物——苏维埃祖国，她是任何事物都无法比拟的，无法与之相提并论的。必须随时准备好保卫她。我看见过西柏林的法西斯的坏小子们。我看见了墙上尚未抹掉的题词：“今天属于我们的是德国，明天属于我们的就是全世界。”我们的民主德国的朋友们告诉我们，这样的题词时不时会在那里出现。法西斯主义诞生在西德，因此我们应该随时准备好保卫祖国。你们在学习军事技术——必须极其严谨地对待这门课程。我们每个人，每一个男人，必须牢牢记住：我有两个专业——第一个要么是教师，要么是农艺师、工程师……而第二个却是我们大家共同的：祖国的保卫者。

一周后我就将回国了。我一定会去看你。

祝你身体健康，富有朝气！

你的父亲

第十七封信

亲爱的儿子，上午好！

我一直在思考着你的来信，所以这么迟才给你回信。

爱情的道德纯洁性是人类灵魂的一面镜子。如果一个人在精神心理方面和道德审美方面有什么肮脏的东西，那么就说明，他整体上就是一个卑鄙龌龊的、令人厌恶的人，他就不可能成为一个好公民、一个诚实的劳动者和一个品行端正的人。

在精神生活的这个领域里，理智和意志力应该成为情感——性的欲望的警惕性高的看守人。我不认同某些作家和政论家的观点，他们认为：对感情是不能下达命令的，人嘛是不能控制欲望的。这是一层柔软的面纱，他们试图以此掩饰性生活的淫乱和“爱的开放”。对此，列宁曾提出过十分尖锐的批评。特别有害的是那种“情感至上”的奇谈怪论，尤其是对于刚刚走进社会的年轻人来说。一个人在被性的欲望所躁动之前的很长时间里，他应该被心灵之美所陶醉，他应该深深地经受着对另一个人的道德依恋感。只有在这种情况下，爱情才会是唯一的，排他的。在真正的爱情里，理智有助于感情，能够向情感注入道德的力量，在道德方面使内心活动趋于高尚，而不会使感情走向斤斤计较、走向逻辑分析，不会使人去权衡他自己的利益与他所爱的人之间的比例大小。爱情只有在那里才会是高尚的，即在一个人对另一个人的道德依恋中，当感情和思想融为一体的时候。而在理智与情感紧密相连的地方，一个人的灵魂才会由良心的声音所主导。

你是个成年人了，你自己是明天的父亲。因此，我跟你谈论这一切问题时才这么坦诚无疑。作为父亲，我得义不容辞地这样做。如果一个父亲的儿子变成了一个卑鄙的人，社会有权问责这位父亲：为什么您没有履行好对社会的责任？要知道，每一个公民最重要的社会责任就是给祖国贡献一个真正的人（дать Отчизне настоящего человека）。父亲——这是一个崇高的公民称号，请铭记这一点，儿子。

让我担忧不安的，我本想这么说，是许多年轻人"身患其病"的那种轻率的放纵的行为。在光天化日之下，常常能看见，在街道上走来一对青年男女，他们走着，搂抱着，时不时地亲吻着。我有一次问一个非常年轻的姑娘：“周围这么多人，难道不让你感到害臊吗？”她却回答道：“那难道友情必须掩饰吗？”

这是这个姑娘的略显愚蠢的回答，她在生理上已经做好了诞生新人的准备，但是在道德上却还没有准备好。屈服于第一次感觉、第一次冲动是愚蠢的。将本来十分隐秘的、应该深藏于内心的、不可侵犯的情感展示给别人看，是愚蠢而下流的。一个小伙子 18 岁，他爱上了一位姑娘，于是，他已经搂抱并亲吻她。这就是放纵。真正的爱情是一种伟大的、神圣的责任，是终生不变的义务。如果你不想让自己的情感失落在各种琐事上，也不愿在精神上堕落，那么就不要屈从于第一次的性的欲望。一个人只能亲吻和爱抚那个他给与了其某种道德义务的人：成为她的丈夫，成为她孩子的父亲。任何其他的爱情，那种为追求情感刺激的爱情，那种为排遣寂寞无聊的爱情，——我都视之为放纵。

请记住，爱情，这首先是对你所爱的那个人的责任，对他的命运的责任，对他的未来的责任。谁如果只想在爱情里寻欢作乐，那么他便是一个好色之徒，是道德败坏的人。爱情，首先就是奉献，把自己灵魂的力量献给你所爱的人，为你所爱的人创造幸福。莱蒙托夫在一封信中写道："我用我灵魂的全部力量爱着……"请深思一下这句话。用我灵魂的全部力量爱着——这意味着，在为你所爱的人创造幸福、美好。

请记住，儿子，你的全部生活的道德纯洁性取决于男女在婚前的关系的性质，取决于在这种关系中，精神心理的和道德审美因素所占优势的程度。请像防火一样，提防在爱情方面的"试验"和"经验丰富"。相爱的人之间在婚前的精神心理关系越纯洁、越高尚，男青年——未来的丈夫的道德责任感就越高。对女人的道德责任感，对她的未来的负责程度——这才是使一个男青年成长为一个男人的动力。纯洁的爱情带给男青年以精神成熟，而轻浮的爱情、寻欢的爱情则会使他堕落。那些在婚前就知道并经历过身体的亲密接触的人，进入社会后就会是一个精神上空虚的人。

爱侣之间的精神交流的最高乐趣，就在于智力和美感的相互充实，在于逐渐认识和发现越来越新的道德品质和审美品质，在于爱侣之间贪婪地相互汲取一切最美好的东西，随后又以此方式相互给予——难道不是这样吗？忠贞的爱情，一生一世的爱情……谁不向往渴求呢？但是这种美好爱情取决于什么呢？取决于人类的无限性——可以这么说。我和你母亲结婚，至今快 25 年了……每次，当分别几日之后我再见到她的时候，我都会感到心脏的颤动，我在她——这位世界上我唯一所爱的女人身上，又看见某些新的东西。爱人的眼睛总能够发现越来越新的美，但是只有在一个条件下才有可能，即当这双眼睛放射出越来越新的思想，传递出智力的和审美情感上的复杂交织的时候。内在的，精神世界的丰富性会表现在人类的目光所能传递的情感的千百万个细腻流露里。如果这些情感范围有限的话，那么外表的美，这种初次相遇时让你倾倒的外表的美，也会随着时间的流逝而渐渐黯淡无光，失去其吸引力。那种只表现为被外表的美所短暂眩晕的爱情，那种只在脸蛋的漂亮、身材的美丽上寻求满足的人，——是注定要失望的，是注定“性格不合”的。

没有什么专门的“爱情科学”，请记住这一点，有的只是人性的科学；谁掌握了这门科学的启蒙知识，他就做好了建立高尚的精神心理和道德审美关系的准备。爱情——这是对人性的最严格的考试。但是，人性的最初几次课程，那也就是，一个人的爱情的课程是在童年时期和少年时期由这一点授予的，即他把自己精神力量的颗粒奉献给其他的人们。如果没有对人类尊严的深入发展的尊敬感，就不可能有真正的人类的依恋之情。这对一个男人而言是特别危险的。在和克拉拉·蔡特金的谈话中，列宁强调指出，在爱情中必须有自律、自我约束。在这方面起主导作用的是我们，男人们。请在感情冲动时保持克制。你要懂得，两个彼此相爱的人之间的肉体上的亲密需要在道德上由精神上的亲密性来证明其合法性——相互尊重，准备好一起度过一生，准备好永远相互扶持。你要懂得，对一个精神上丰富的、聪明的、诚实的姑娘的极大侮辱和激怒，是男孩子竭力想在婚前发生肉体上的亲密。这会让一个好姑娘觉得是某种遥远的东西……

你要懂得，青春期里那些最幸福的时日，就是那纯洁的、理想的爱情，这种爱情使那些精神上丰富的人们不愿与之分离。如果一个小伙子和一个女孩子相遇了，他们的自尊心和人格尊严都一样的发展健全，那么他们很久都不会逾越那个界限，那个限定发生肌肤之亲起点的界限。这并不意味着他们没有这种渴望。这种渴望是热烈的、强烈的，但是这种缺乏精神上的亲密感的肌肤之亲在他们看来是没有道德合法性的。精神上的亲密期、理想的爱情期在他们那里是十分长久的，他们在有意地延长这个期限，因为这样做他们可以获得极大的幸福感。

你是否听过这句谚语：“度过一生——不是穿越田野（Жизнь прожить — не поле перейти）。”一个人在家庭生活中的表现如何，可以反映出他的真实的道德面貌。遗憾的是，在我们的社会中有不少这样的人，他们走出家门往往给人留下为崇高的思想而战的斗士印象，而在家中却是渺小的自私鬼或暴君。有些人，他们按照其道德发展水平看是完全没有做好结婚准备的，因而他们的娶妻或者出嫁就是一种最高程度上的不道德的行为，是对他们所生育了生命的那些人的犯罪。有一些人把婚姻视作一种畅行无阻地满足个人动物本能的机会。某些道德败坏的年轻人，在婚姻中发现一种权利，这种权利使他们能够获得他们在婚前未能得到的一切，不管他们曾经死乞白赖的请求、承诺、赌咒发誓。所有的法律的准绳都有不可能系牢婚姻上精神纽带的脆弱性。

请记住，在进入婚姻的同时，人们就不仅要承担法律上的、物质上的责任，而且要承担精神上的责任。家庭关系的性质有赖于社会的精神的丰富性。有时候，年轻夫妻们新婚伊始的几个月里就“深感失望”，“爱情的诗意”在逐渐消失。在这种情况下，导致新婚夫妻不和的具体内容和引起争执的原因可能多种多样，但是，其原因总是同一个：登记结婚后，那些年轻人就以为，爱情自身作为一种在生理上和精神上进行亲密接触而完全没有任何障碍的阶段会自然而然地给他们带来幸福，这种幸福将会是无穷无尽的。有一点让他们十分惊讶，即幸福原来不是那么的迷人、那么无边无际，而肌肤之亲也让他们感觉到没有像婚前那样的必需。他们忘记了，爱情之火，用形象的方式说，需要经常不断地添加上好的燃料——多方面的精神生活。而如果没有这样上好的燃料，那么爱情之火就会迅速熄灭，或者冒烟，并用这毒气伤害自己和他人。爱情只有在一种情况下能够巩固家庭，即除了爱之外，还有某种别的东西，也就是精神生活的丰富性。如果爱情仅限于性的渴望，那么这种渴望的精神面纱就会是如此的残缺简陋，以至于双方关系很快裸露出来，肌肤之亲也会赤裸裸地暴露出来。

请记住，青年人在登记结婚之后，在相当大程度上应该是自己的爱情的创造者，而不是爱情欢乐的消费者。在婚姻生活中，创造幸福应该多于快乐需求。如果没有对精神财富储存量的不断创造，肌肤之亲就不可能获得高尚的精神性……在家庭生活的某一个阶段上，可能会突然出现这样的情况：丈夫与妻子都感觉自己已经完全耗尽了，他们都不能再向所爱的人倾诉衷肠，也不能再给家庭的精神生活提供什么东西了。有时候甚至发展到这种程度：婚前因短暂的分离而痛苦不安的两口子，他们现在却无法容忍彼此。这是在把家庭生活变成地狱。可是，因此而痛苦不堪的首先是孩子，这才是应当牢记的东西。成为一名全方位的公民，这首先意味着关心社会的未来，而我们的未来——是孩子。请记住，儿子，如果你萌生了建立家庭的愿望，那么你应该好好地检查一下自己，看看你是否做好了履行自己的公民责任的准备。永远不要忘记，爱情、友情的罗曼蒂克首先就是孩子。

对于一个人、一个善于创造自己精神财富的人来说，没有第一次爱情，或者第二次爱情，而只有唯一的爱情。请做一个最好意义上的理想主义者。“人们，那些左顾右盼的、四处抛洒感情的人，依我之见，应该最终感到自己是一个乞丐”，布良斯基说道。他是 O. 贡恰尔（Гончар）的长篇小说《旗手》（Знаменосцы）中的主人公之一。一个深刻的道理蕴含在这个道德上纯洁的，忠贞于唯一爱情的人的这些话里。如果你是一个真正的人，如果你能够在你所爱的人的身上创造精神财富，那么让你中止去爱你多年来一直深爱的人，那是不可能的。真正的爱情，我对你再说一次，岁月不但不会减弱它，相反，还会巩固它。在我深爱的人心中，我留下了自己灵魂的颗粒，他也将他自己心灵的美和精神的魅力回馈给我，我们在一起创造这样一种财富，一种不可能第二次被创造的财富。在这种财富中融合有：我们精神上的成长，理智和情感的相互丰富，儿女，忠诚，家庭的尊严，还有传统和对过去的回忆，青春的诗意光环，青春感情的纯洁性。这一切在心灵上留下如此强烈的印迹，以至于在开始新的生活时，没有沉重的心灵创伤是不可能的。但是，如果偶然地，当丈夫或妻子失去了自己所爱的人时，很多年，有时甚至是终身都不可能忘记他或她，他或她也不可能产生新的爱情。这种并不是特殊的例外，也不是“充满浪漫情调的幻想”，而是人性的深刻体现。人之所以不能忘记自己心爱的那个人，是因为他或她已经进入了他的灵魂，与他的命运紧密相连了……

没想到这封信写成这么长的了。我知道，你会不抱有成见地对待父亲的教导。请深思一下我的这些教导的每一句话。做一个全方位的真正的人。

再见，亲爱的儿子。如果你能够在五一节日期间回来，那就请回家来吧，哪怕回来一天也好啊。

祝你身体健康，富有朝气！

拥抱你，吻你。

你的父亲

第十八封信

亲爱的儿子，上午好！

你在问：两个具有不同教育水平、不同智力兴趣和需求的年轻人能不能幸福？爱情能不能将这样的两个人结合在一起？

一年多之前，有一个毕业生的母亲来找我。这个毕业生名叫Л. 薇拉。薇拉从中学之后接着又大学毕业，并在一个大型工厂的工地上工作。她的母亲给我看了薇拉的信。在信中薇拉写了她自己的不安和疑惑。我把这个姑娘的名字改换了，因此可以展示这个秘密，它非常有教育意义。姑娘这样写道："他是一个优秀的工人，他爱我，但是毕竟没有那种我所期待的幸福的精神结合。几次我开始和他谈到，应该参加函授学习，应该追求知识，要知道，在将来没有中等教育，就不会允许使用任何机器。而他总共不过六年级的水平……我对他说，如果能两个人一起去莫斯科、去列宁格勒——去看看自己的祖国，该多好啊。他却惊讶地回答说：'你往前看得太远了，应该想的是今天眼下：有一份不错的工资——就行啦，至于以后会怎样——我们会看得见的，况且未来的事情总体上也是我们的智力所不及的。’随后他还补充说：‘这些旅行里有什么好处呢，它们不会增添任何东西，你只是白白地浪费钱。而我们需要盖房子。也还需要想想家庭经营的事情——养猪、养鸡……而学习嘛，’他说，‘我不想。你就是获得了中等教育或者高等教育，而工资也不会因此涨高。这不，你是大学毕业了，可你的收入比我的还少……’

“妈妈，亲爱的妈妈，我究竟该怎么办呢？我现在不能和他见面，甚至不能看见他。我是对还是错呢？或者我身上是否真的有太多古怪的东西呢，像他说的那样？或者是一个理想主义者，正像我的一个女朋友说的那样，当我跟她分享我的疑虑的时候？我觉得，和他在一起生活将会非常无聊、沮丧，就像我们池塘边的那棵枯萎的柳树……”

正确的是，母亲给女儿写信这样说：“为什么要用家庭、厨房、喂鸡、养猪等事情局限自己的生活呢，当每个人面前都展现出如此光明、如此美好的世界的时候？从维克托的话里，从他对你的态度里可以看出，你一成为他的妻子之后，他就想让你辞掉工作，然后就开始责备：我在养活你……这样的命运是苦涩的，女儿……”

正如你所见的，一个人将自己的命运同什么样的人相连在一起，这远不是没有区别的。他对他将与之牵手共度一生的那个人的精神世界是有一些特定的要求的。让我惊讶的一点是，在一些青年报纸和杂志里常常出现这样的文章，在这些文章中，将那些青年男女视作落伍的人，这些青年依据他们打算与之结婚的那个人的教养程度而提出自己的道德审美方面的要求。但是，高层次的教养程度远不总是和受教育的高水平相吻合的。十足的无知和没有教养常常出现在那些受过高等教育的人，甚至获得了学位的人身上。而相反，一个普通的工人或集体农庄庄员却可能是一个最高层次的有智慧的人。在我们区的一个镇子里，一个18岁的姑娘M.波林娜，担任甜菜生产小组的小组长。父亲去世后，她只读到八年级就辍学了。她认识了刚刚分配到镇子里来的一个青年医生。医生爱上了波林娜，但是波林娜却深深地埋藏着自己的感情。这个年轻人她很喜欢，对他的善良意愿也深信不疑，但是有一个思想压抑着她：小伙子在学历上比她高。姑娘痛苦地发现，她所爱的人知识面宽，阅读面广，而她却只是一些零散的信息。这位聪明的、敏锐的年轻人见识了波林娜博大的、骄傲的灵魂。当小伙子遭遇到对求婚的断然拒绝之后，他明白了，在波林娜哪怕只走出一步，以使她自己接近她自己的目标之前，她是不会答应他的。波林娜的这个目标是：她告诉青年医生说，她给自己设定了一个目标——修完十年级，然后上大学。她已经在上函授中学。她的理想是成为一名女教师。

渐渐地，姑娘的目标也吸引了这位年轻人。他帮助波林娜学习，同时他自己也决心完善地掌握外科学。他们憧憬着未来，以未来为生活目标，相信理想一定会实现。这是一段纯洁的、崇高的爱情，持续了数年。直到他们相识五年，姑娘中学毕业，并修完了两门大学课程之后，她才同意嫁给他。

他们的爱情是高尚的道德友谊。他们之间未曾有过身体间的亲密关系的迹象，甚至不允许产生这方面的念头，但是他们在这样一种意义上属于彼此了，即他们忠于彼此，信守自己的理想。假如他们其中一个人打破了这个职责，撕毁了这个精神的联盟，那么这将被视为一种侮辱，视为一种背叛。

假如有某个作家能够描写他们的这种爱情，那会是一部多么引人注目的小说啊，这本小说对于年轻人的修养该有多么重大的意义啊！遗憾的是，一打开描写青年人的文艺作品，你一下子映入眼帘的，不是背叛，就是失望——所有这一切都被视作对现实生活进行客观描写的可靠特征。而且更为糟糕的是，那些描写精神摧残的作品，其中没有任何复杂的生活，实质上只是原始的放纵淫乱，却获得作家们的辩护，而在字里行间你读到的却是：那有什么呢，生活是复杂的，没有痛苦和磨难的生活是不存在的。我不能相信这些话。是可以营造没有痛苦、没有磨难、没有精神摧残的生活，是可以创造惊人的人类幸福。请记住，你自己就是你自己命运的创造者，你自己幸福的创造者。

请你细细想一想这一切吧，儿子。

祝你身体健康，富有朝气！拥抱你，吻你。

你的父亲

第十九封信

亲爱的儿子，你好！

从你的信中可以看出，我的这些教诲仿佛成为引发你们的争论之木柴堆爆燃的火花，并在你们宿舍中熊熊燃烧。这样说来，那也不是坏事。非常好的是，青年人对这一切没有漠然处之。

你在信中说，你的同学中有一些人不相信友谊，尤其是不相信青年男女之间的友谊，因为，既然已经是青年男女了，那么他们之间应该有的感情就必定是爱情。我说说我对这个问题的想法，但是我依然请你注意：希望我的这些信只是写给你的……

友谊是培育人类情感的学校。我们需要友谊，不是为了用某种东西填满时间，而是为了肯定人的心中，首先是自己心中的善。我认为，道德教养的最重要的准则之一是：让每一个人在少年时代和青春时期就经受到一种对善良人们的高尚精神情操的发自内心的由衷赞美，深深地爱上这种情操。实质上，对人、对人性之美的信仰正取决于此。如果缺乏这些——人的灵魂就会空虚空洞，生活中的一点最细小的纠纷都可能引发他无谓的唠叨不休，对自己力量的动摇。灵魂的空虚，就是一个人心中对任何事物都没有信仰，——这是一种最为可怕的罪孽——对此，我有一次给你写信谈过，我再重复说一下。空虚的灵魂总会贪婪地汲取坏的东西，也难以接受好的东西的影响，因为灵魂空虚、精神贫乏，自己本身就已经是罪孽了。如果一个人有空虚的灵魂，那么他就不可能成为一个真正的朋友，他也不可能感受到友谊中的人性美。

生活使我信服，如果一个人在少年时代和青春时期就能够受到道德理想的鼓舞，如果一个人理解什么是一个合乎规则的人，那么友谊就能够在精神上充实他，在友谊中他寻找的就不会是打发时间，而是一块进行自我确正、自我认识和自我教养的场地。

尤其需要的是这种高尚的精神需求——对人的需求——对于男子汉的塑造而言。为了成为一个真正的男子汉，你青春时期就应该在友谊之中展示自己灵魂的丰富性。这决定着你爱情的纯洁性，决定着你未来家庭的幸福程度。

没有友谊的爱情是卑微的。如果一个小伙子对姑娘的尊重首先是尊重她这个人，如果他爱的是她这个人，那么这种崇高的、高尚的友谊本身就已如此美好，如同爱情一样的美好。用性的吸引方式建立的不是友谊，而爱情只有一种情况下才在道德上是无瑕的，即当恋爱双方被牢固的友谊紧紧地连接在一起的时候。不是爱情本身在激励道德的纯洁性，而相反，正是因为有了高尚的道德感，一个人才可能接近和享受爱情的高洁和美丽。那些人，那些指望把爱情精神上的共通性建立在作为性吸引的爱情之上的人，恰恰也不会珍惜爱情，因为他们追求的是把精神生活的整个世界全部强行塞进接吻和嫉妒之中。爱情，如果没有崇高的精神生活——没有对共同理想的追求，没有这种为了追求共同理想的友谊——爱情就会异变为一种感觉上的快感。请你将别林斯基这段话记录在笔记本里，独自一人多读几遍，自己对照一下自己：

“爱情是生活的诗歌和太阳（поэзия и солнце жизни）。但是，那种人是痛苦的，他们在我们这个时代，妄想把自己的幸福大厦仅仅只建立在爱情之上，在心灵的生命里指望寻找到使自己的一切意愿得到完全满足的机会……假如我们生活的全部目标仅仅在于谋求我们个人的幸福，而我们个人的幸福又仅仅归结为单一的爱情，那么，生活就会变成真正的、阴郁的荒原，这荒原里遍地塞满棺材，飘荡着破碎的心灵，生活就会变成可怕的地狱，在这地狱的恐怖的本质面前，冷酷的但丁用天才勾勒出来的尘世地狱的诗歌形象也会苍白无力的。”

请你细细想想这些：生活就会成为地狱，假如幸福仅仅只被放置于爱情里。如果沉溺于个人的幸福在别林斯基的时代是不可能的，那么在我们的时代如果这样做的话，——那就等于注定会使自己陷入孤独和无所事事，注定将自己的世界压缩为主观的情感与体验。如果别林斯基在当时就已经看到了，“除了心灵的内在世界之外”，还存在“伟大的生活世界，存在一个伟大的世界，在这个世界里，思想变成行动，而高尚的情感变成功勋”，那么在我们的时代里，这种世界不仅只为个别的斗士而展开，而且为全体人民而展现。性的吸引只有在那种时刻才能获得人们之间的道德关系、道德责任的性质，即除了他的外在美之外，在一个人的面前展现出了另一个人的内在丰富性——个人的尊严，个人的才能、创造力、社会活动力。幸福，如果是建立在性的欲望之上，——这只是一种动物的情欲，会让人变得盲目和愚蠢。要想让爱情成为人的一种高尚行为，那么人就必须达到道德发展的高级阶段：首先应确立自己生活的崇高目的，以克服通往达成这个目的途中的一切困难的思想为指导高歌猛进。当为争取实现这个崇高目的的斗争变成为真正的激情的时候，爱的激情、性的欲望就失去了目的的性质，爱恋的对象就成了这场斗争中的战友，而不是以刺激和唆使为使命的对象了。正是这种变化，即爱的激情不再成为目的，才使人变得高尚，才使他立于那些感性的情欲之上。对于个人幸福的实际规模和全人类幸福的真正规模的理解完全不会贬低人，不会让人沮丧，而是相反，是对人的提升，因为这种理解可以唤醒他身上努力用崇高的精神兴趣以丰富自己生活的追求。

对个人的幸福和人类的幸福的对称性的理解，能阻止那些个别的纠纷、琐细的争吵演变成的悲剧，毒害生活。该有多少这类令人惋惜的、有损人的尊严的“悲剧”发生在生活中。多少所谓的“绝望的境地”和“无法化解的矛盾”出现在年轻的家庭里，这只是因为，其原因仅仅是因为，人们用自己的爱情划出了一片狭小的宇宙，在这画地为牢的小天地里，显然，每走一步都是死胡同，不可能有让灵魂进行宽广而高尚的运动的空间！请记住这些话，愿这些话成为你未来家庭生活的训诫准则：在那些年轻夫妇的精神生活以爱情为开始和结束的地方，哪怕一点细微的由头都可以引爆虚荣心；受到伤害的年轻夫妇由于一些琐事就会一连几个星期不和对方说话，用细小的划痕刺痛自己的心，把无名的怒火的盐故意撒在自己的心上。由此，所有这些“悲剧”就堆积成为死结，双方当事人都力图找出某些观点上的分歧、性格上的不合等等由头。这类人，实质上，并没有准备进行精神心理上的交流，因此他们在没有确定清晰个人幸福的规模之前，本来就不应该结婚的。

几个星期以前，我们区的检察长给我谈了一桩离婚的案件。年轻夫妻刚刚生活了两周，一转眼蜜月的幸福就因为争吵而消失殆尽。争吵的理由十分可笑：新婚夫妇就因为电视机应该放置何处这个问题没有达成一致的意见，而这个电视机是女方父母送的……争吵爆发了，两个人一致得出结论：他们彼此的性格是如此的相距遥远，以致家庭生活已经无法存续了。丈母娘也参与了争吵，并带走了自己送的这个礼物，而公爹也决定寸步不让——他把送给新婚夫妇的沙发和衣柜都转运回家了。这些嘴，两个星期之前还在说着爱情的甜言蜜语，现在吐露出的却是粗鲁的侮辱人的话语……在法庭上，一位充满智慧的女性——人民陪审员，开始如俗话所说，抽丝剥茧，理清了这团乱麻。两位新人吃力回忆起了他们吵架的起因后，面对众人和彼此，他们都开始惭愧不已……这就是一个人可能抵达的高度，如果他把小事无限夸大，变成“世界难题”，如果在他的思想视野面前没有崇高的目标的话。

对一个人而言，最重要的和最困难的事情——就是无论何时何地都应该始终保持人的本色（оставаться человеком）。做一个永远的人（Быть всегда человеком）。

祝你身体健康，富有朝气！

拥抱你，吻你。

你的父亲

第二十封信

亲爱的儿子，上午好！

母亲生病了。已是第三天躺在病床上了。一周来她一直在抱怨腿部疼痛，然后就病倒了。我和奥莉雅正在尽一切努力缓解她的病痛。医生说，这是年轻时候经受太多苦难的后果。我们的母亲经受了太多的苦难。在我们的青年时代，我们的祖国非常贫穷，人民为建设社会主义奉献出一切。我们，大学生们，每年都要在田地里工作三个月，而那时的农活不是现在这样的。现在，几乎所有的工作都是机器完成的，而在那个时候，整个劳动的重负都落在人力上。有一年，需要用整整一个月的时间收获马铃薯时，已经是冬天了——不得不用铁钎从冰冻的土地里一下下挖出来。就是在那个时候母亲严重受寒了……

请给她写信吧，请即刻就写。她现在异常珍视你的每一句话。

母亲……我现在一直很痛苦，当我一回忆起

在儿童时期和少年时代我用一些事情，尽管它们微不足道，让我的妈妈伤心难过，给她带来了无眠的夜晚，给她添加了灰白的头发……就像现在，我记起初秋的一个晚上，地平线上正在聚集着乌云，电闪雷鸣，我准备动身去波尔塔瓦，去研究所。我提起我的小手提箱，走向车站。母亲此时不在屋子里，好像是在菜园里做什么事情。看到我要前往车站，她就站起身来，仿佛一尊雕像，仿佛是母亲们的苦楚的活化身。我听到母亲在说："穿上衣服呀，要知道雨就要下了……"我只穿着一件衬衫，一副天不怕地不怕的样子，到车站大约有七公里……我没有回去，当时有一种细小的自尊心激怒着我的心，我在心里带有某种细小的委屈感……我往前走着，耳边又一直好像回响着母亲的声音："穿上衣服呀，要知道雨就要下了……"该有多少的苦楚她融进了这些话语里了啊……该有多少话她想说啊：为什么你竟然要离开，儿子，为什么你不拥抱我，不亲吻我呢，你受了什么委屈；不能在心里埋藏有对亲生母亲的怨气……

自那时起，三十多年过去了，我母亲已经七十多岁，她生活幸福，就像所有的幸福老人一样，——直到现在我耳边总在响起这句话："穿上衣服呀，要知道雨就要下了……”我让母亲感到失望的那些瞬间越是远远进入少年时期和青春时代的深处，这一切就让我的回忆越是清晰，越是刺心地痛，我就越是深切地经受着良心的谴责。我已经是满头的华发了，可是在母亲面前我感到自己仍然是个孩子，而且我越是长大，我就越发觉得自己是个孩子。

女性——母亲是生命的第一个创造者。请永远不要忘记，儿子，是她给予了你生命，抚养你长大，是她向你打开了世界的美丽和本国语言的魅力，是她在你的心中播种了善与恶、荣与辱的第一批概念。女性——母亲是大地上一切美的事物的创造者，因为她是大写的人的创造者。谁如果忘记自己的母亲，他就不能成为一个真正的爱国者。

请记住，一个母亲的所有的意愿、操劳和担忧都是为了孩子，为了孩子们的命运。孩子们在心灵里和行为上的善良就是她的幸福，而如果是邪恶，就会成为她的痛苦。

请记住，任何一个女人都会是母亲或者未来的母亲。她能够包容那种情感，那种连最能够献身于自己的孩子们的父亲都无法承受的情感。女性——母亲以自己独特的方式而深刻地，以自己独特的方式美好地承受着自己对整个人类种族的责任。母性让女人变得美丽而智慧。一个女人一旦成为母亲，从那时起，她的情感就获得高尚的，除了她以外，任何人都无法达到的，贞洁的意义。对于一个母亲而言，丈夫的份额——如果只有他无愧于这些份额的话——也都体现在孩子的身上。世界上绽放着一种崇高的美——女性美。假如你们，年轻的小伙子们，能够理解并感受到女性美的全部深度，所有的伟大，全部的征服力量，那么你们就会变得高贵一百倍，你们的思想和行为就会纯洁一百倍。

对于一位女性——母亲来说，所有的人，包括她的丈夫在内，都会在某种程度上变成她自己个人的孩子。这是女性美的最高的体现——感受到每个人的内在精神世界，感受到他的欢乐与悲伤。这种品质显然在传递给女孩们作为遗传，一直表现在她们的行为举止上直到成为母性。请善于欣赏女孩身上的女性之美，善于在她身上看见未来母亲的模样。大自然和人类社会赋予了女孩世界上最最伟大的创造力——重复你现在所是的样子，并将你现有的东西变得更好，把你的心脏的跳动和智慧的火花带向未来，在孩子们的身上融合你们两个人的长处。她的劳动比你的劳动复杂得多。请保护好她的健康、美丽和生命。在她的美丽里体现着整个人类种族的美丽。女孩是不能侮辱的，不能对她做恶而伤害她，这是因为，她是女孩。如果你侮辱女孩，你就是在侮辱你的母亲，侮辱全天下的母亲。你对待女性的态度就是你灵魂的一面镜子。

祝你身体健康，富有朝气！

拥抱你，吻你。

你的父亲

第二十一封信

亲爱的儿子，上午好！

你请我教会你尊重姑娘身上的女性，请我解释一下什么是女性。我非常高兴，这个问题在打动你。请记住，对待女性的态度是衡量道德修养的标准。“根据这种态度，”马克思曾经写道，“实际上，可以判断出一个人的整个教养程度。”对待女性蛮横无理就是对一切的蛮横无理。女性是人类之美的最高表现，在这种美中一个新的生命在诞生、长成和绽放。作为生命的承载者和创造者，女人最深刻地体现着对人类未来的最崇高的道德感。尊重女性，这就意味着尊重生命。真正的女性美是心灵美和身体美的结合体，诞生在劳动的人民之中。除了美丽之外，在女性美的观念里，劳动人民还添加了有关女性的柔弱的思想——比如关于获得男性的尊重和关怀的道德权利。

女性的美越来越成为整个人类之美的主宰。如果一个女性能够理解和珍视自己在新生命赋形过程中的特殊作用，她就不可能是不美丽的。该有多少的姑娘，虽然她们没有鲜艳夺目的外表美，但是同时她们却以其独特的魅力让人喜爱，这正是因为她们具有真正的女性。请善于首先发现并珍视这种女性的美丽。

女性美——这是道德的纯洁和高尚、人类高贵的尊严的最高体现。这些特征表现在对待一切的纯洁态度上，这与她和男性的道德审美关系紧密相连。男性如果对构成这些关系中的暧昧亲昵的一切都不尊重，就是对道德高尚的女性的一种刻骨的侮辱。

从母性的到来之日起，女性美就以其全部的力量和美而绽放出全部的美丽。请记住，男性的道德感越高尚，女性在与他相处的关系中就越能定好调子，越能合理地利用自己的女性之美来加强自己在家庭中的道德威信。在一个良好的家庭中，女性——母亲通常是道德上的引路人和主宰者，而丈夫——父亲越能够服从她的意志，对于孩子的教养就越好。这一点你应该，如常言说的，铭刻在心。

女性——这是女人的精神力量，它不仅是用以教养子女的力量，而且是用以教养我们这些男人——丈夫、儿子的力量。你以我们家为例就可以看清并理解这一点。假如不是母亲，你们这些孩子们就不可能对善与恶那么地敏锐，不可能如此通达人性，富有同情心。

大自然和人类发展的历史进程赋予了女性比男性更为细腻的、更为雅致的工作。因此，女人身上的生理柔弱让我们喜爱，这没有一点好奇怪的。但是这个特点只有在那种情况下才能获得正面的涵义，即当这生理的柔弱与巨大的精神力量相结合的时候。在这种结合之中才会有女性之美。在操持家务、相夫教子方面，妻子意志的坚定，始终如一、言行一致——所有这一切都保障着妻子——母亲在家庭良好声誉的形成中发挥主导作用。

许多男人在灵魂深处的某个角落里暗藏着封建思想的残余，这在男青年心中也存在着，对此应该作坚决的斗争。一个年轻人结了婚，获得了一份不错的工资收入——就立刻要求：妻子辞去工作，而且他认为，他这样做是为妻子谋到了极大的福利。女人被吞没于厨房里的那些琐碎的、让人变得愚钝的家务劳动中，使得女人们，用列宁的话说，变成了家庭的奴隶。那些精神坚定的、意志坚强的女性们不会容许这种现象发生。某些意志软弱、缺乏精神定力的女性常常表现为，妻子自愿同意丈夫的智力优势：丈夫在提高自己的学识，在学习，而妻子则伺候服侍他。这种模式里，不仅有对妻子的危险，而且也有对丈夫的危险。应该像防火一样地防止这样的事情：不要让你未来的妻子察觉到你的优越感，并赞许这种优越感……女性之美的确立、绽放，在很大程度上取决于这样两点：妻子智力的发展水平，她能跳出家庭日常操劳界限的距离。一个聪明的丈夫竭力追求的，恰恰是使他的妻子过着丰富的充满智慧的生活，使她在家庭的精神生活中比翼双飞，甚至略胜一筹。

如果一个妻子在树立自己在家庭中的道德威信时善于利用自己的优势的话，那么她的美丽的女性就会生长开花，在丈夫的眼中，她就能赢得特别诱人的魅力，她的双眼的美丽，面容的魅力永远也不会失去魔力，失去内在的高尚精神的光芒。她自己的智慧、自己的精神成长她将用作对丈夫和儿女产生道德影响的一个重要的手段。

我认识一位聪明的、意志坚强的女性。她尽管只有小学文化程度，却嫁给了一位农业学家，一个受过高等教育的人。她不仅没有落后于丈夫，而且相反，由于自己意志坚强，她在家庭生活中还赢得了牢固的精神优势。从家庭生活开始的最初时日里，她就开始阅读有关农业技术、土壤学和化学等方面的科学普及的读物，还阅读各种文艺书籍。她明白她与丈夫的精神交流，将取决于她在多大程度上能帮助丈夫，关注他的兴趣，更重要的是她在多大程度上能够影响丈夫的精神生活。天生的智慧不仅帮助她理解分析所阅读的东西，理解丈夫的思想和困难，而且还表现为她在农业方面的创造性。她所提出的一些建议以其透彻性、对业务的精通程度让丈夫惊讶不已。这在很大程度上得益于一点：她是一个聪慧的、善于思考的劳动者。

在甜菜小队劳动的时候，她把自由的时间都花在了读书上。她的智力兴趣的范围越来越宽广。两个孩子都先后上学去了。对于低年级的课程，母亲能够轻松地辅导孩子们的学习。当孩子们开始学习代数、化学和几何时，母亲开始意识到，自己无力帮助孩子们，这将减弱她对孩子们的道德影响——要知道他们已经习惯了：母亲无所不知、什么都会。她决定一步也不能落后于孩子们。这一切做得如此之巧妙，以至于孩子们都坚信：不是母亲在向他们学习，而是他们在向母亲学习。

她学习了中学的所有课程。她的家庭精神生活的主导地位变得更加牢固。所有的这一切都让她付出了巨大的努力。特别不容易的是学习外语。她无法学会正确的发音，又不愿求助于老师。她买了一个电唱机和一套录制了全部课程的唱片。孩子们没有注意到，他们的妈妈也像他们一样在学习，只是更加困难地在学习。

某些女性对于她这种求知欲却有着自己的说法：Д. 玛莉雅努力不落后于丈夫，是为了不失去丈夫。在对这个十分复杂的现象所做出的这个庸俗说法里，是有一点点道理，但只是这点道理不是那个方面的。由于高度发展的人类自尊感，玛莉雅认识到，为了赢得家庭生活的精神丰富、美丽、完整价值，她应该要成为一个这样的女人：这个女人有魅力，引人尊敬，而不只是变成一个配偶，一个在这个概念的庸俗定义上的配偶，一个只为丈夫和孩子的需要而团团转的配偶。她明白，美丽，那种没有被内在的精神美点燃的美丽，很快就会在丈夫眼里苍白无力。这个女人正确地确定了这个范围，在这个范围内的成长可以确立她在家庭精神生活的中心地位，即精神兴趣的范围。凭借于此，她终身都保持着女性的迷人魅力。

如果你希望你未来的妻子一辈子永远是你唯一所爱的人，——那就请你这样地建设你们的生活：让你的妻子的精神宝库（духовное богатство）不断地得到充实。

祝你身体健康，富有朝气！

拥抱你，吻你。

你的父亲

第二十二封信

亲爱的儿子，上午好！

你在催促我写出完整的专题论文。首先论述友谊和爱情，然后再谈女性，现在你却又要从父亲的角度对美说几句话。那么，好吧，我就说说吧，不过但愿我的这些话能够在你的大脑里保留一辈子。

从人成为人的那个时候起，从人能够出神地观赏黄昏晚霞的美的那个瞬间起，人就开始审视他自己。美——就是深刻的人性。这是我们生命的快乐。人之所以为大写的人，是因为人看见了蔚蓝天空的深邃，星光的闪烁，黄昏晚霞的粉红色泛漫，多风天将起的火红晚霞，地平线上海市蜃楼的若隐若现，草原的无边无际，三月雪堆里的蓝色阴影，蔚蓝天空中的群鹤，太阳在清晨无数露珠上的映照，阴沉的秋日里灰色雨线，丁香花丛中的紫色气团、雪莲花的温柔的小花茎和浅蓝色的小铃铛——人看见了这一切，惊叹莫名，沿大地漫行，以创造新的美。假如你驻足停下，你也一定会对这些美惊叹不已，——同时高尚的东西也会在你的心中绽放。在人的面前展开了生命的欢乐，那是因为他听见了树叶的沙沙声和蚱蜢的鸣唱，春天小溪的淙淙水声和银色小铃铛的婉转叮当声，炎热夏日天空中的云雀，窗外雪花的沙沙声和暴风雪的呻吟声，波浪的温柔的起伏和夜晚庄严的宁静——他听见了，并屏息地聆听这千百年来形成的生命的美妙乐曲。请你也要学会聆听这首乐曲。请珍惜美，爱护美。

最崇高的美集中在人类的身上，而人类之美的顶峰——女人的美。对女人的美的热情洋溢的态度体现在伟大诗人们的不朽的艺术形象之中，诸如荷马、但丁、莎士比亚、歌德、普希金、舍甫琴科、密茨凯维奇等。被他们纯洁地讴歌的那些栩栩如生的女人的美，那些他们自己曾经深爱的女人的美，成为爱情的道德准则，影响了一代一代的人们。女人的美并不诞生于性的本能，也不代表与性的需求密不可分的某种东西。请你在笔记本上抄写上别林斯基的话，并牢牢记住它："这才是一个非常美丽的、年轻的女性：在她的脸面上您找不到任何特定的表情——它不是情感、灵魂、善良、爱情、自我牺牲、思想和意向的高尚性的体现物……她只是优美、可爱、熠熠生辉——仅此而已。您没有爱上这个女人，也完全没有指望被她爱上。您只是静静地欣赏她举止的曼妙和仪态的优雅，——与此同时，站在她面前，您的心不知何故却跳得更加热烈，而且温柔的幸福和谐感刹那间注满了您的心间。”

在人的外在美中体现了我们对于美的理想的观念。外在的美——不仅仅是指人的身体各个部分的人类学意义上的完美，也不仅是指健康。这是指内在的高尚精神，即丰富的思想与情感、道德尊严、尊重别人和尊重自己的内心世界。人的精神生活的集中点，人的思想的镜子，人的情感的表达者是人的眼睛。人的道德修养和总体精神素养越高，他的内心精神世界在外表特征上的反映就越鲜明。这种灵魂的光芒，根据黑格尔的说法来看，越来越多被现代人所展现、理解和感受到。内在的美反映在外表轮廓上。关于内心的空虚甚至可以由这一点来证明：一个人力图给其外表所添加的特征，这些特征要么根本不是人类有关美的正常的观念所具有的，要么竟是降低人的尊严的。

内在美和外表美的统一——这是人的道德尊严的审美表达。一个人追求美丽，希望让人看上去美丽，这完全没什么不体面的。然而，我觉得，必须有道德规矩来规范这种愿望。（你怎么看呢?）这种追求的道德感取决于，这种美在多大程度上表达出一个人的创造性的、追求过程的本质。一个人的美一般地最鲜明地表现在这种时刻，即当他忙碌于自己喜欢的劳作时，而这种劳作就其性质而言能够突出这个人身上的某种美好的、属于他的个性的品质。这时，他的外在面貌仿佛被其内在的精神照亮。米隆将铁饼运动员的美，体现在那个时刻，这不是偶然的，——当内在的精神力量的紧张与体力的紧张相结合的时候，在这种结合里才有对美的壮丽颂扬。在一个将全部心思放在创造活动的少女身上的美，比起那种因无所事事而忧郁的少女的美，会更耀眼、更深刻。游手好闲是美的敌人（Безделье — враг красоты），请记住这一点，儿子。最美的是劳动着的人们——操作着方向盘的联合收割机手、拖拉机手、飞机驾驶员，培育自己喜爱的树木的果木园艺家。内在精神的美丽在那个时刻照亮着科学者、思想家、诗人和发明家，让他们神采奕奕，当他们的智慧被创造力的光芒所激励、所照亮时。如果你想变得美丽，那么就请你劳作到忘我的状态吧，劳作到你感觉自己是一位创造者、一位行家能手、一位自己喜爱的事业的主人吧；劳作到你的双眸释放出一种被人类最伟大的幸福所感染的高尚精神吧，这种幸福就是创造的幸福。

美是灵感的共生者（Красота — спутник вдохновения）。O. 贡恰尔有一部优秀的短篇小说，名为《向日葵》。小说里讲述的是一位雕塑家，他受人委托雕塑一位少女的半身像——她是一位向日葵高产的种植能手。少女的脸以其丑陋而让雕塑师惊讶不已。这不美的容貌激不起雕塑师的灵感，于是他拒绝了这份工作。在回火车站的路上，雕塑师不得不经过一片向日葵花盛开的田野。在田野里，他看到了他要雕塑的女主人公——她正在劳动着。但是，在劳动中，她的面容显得迥然不同。这张少女的脸被劳动的美感激活了，神采动人：脸的外部轮廓上洋溢着内心的美丽。“她真美啊！”雕塑师激动地赞叹道，而在自己想象的画稿中他已经勾勒出了少女的面部特征。

一个人外表的美丽必有其内在的道德的源头。人们所喜爱的创造活动能够让人变得美丽，可以改变他的容貌，——使其变得细腻而动人。

美也可由忧虑和操劳创造，这就是通常所说的“创造的艰辛”。正如同痛苦会在人的脸上布满无法抹平的皱纹一样，创造活动的操劳也就是一位最细腻的、最精湛的雕塑家，他能够把人的面孔变得美丽。正好相反，内心的空虚会赋予人的脸面的外部轮廓一种迟钝的冷漠表情，一种死气沉沉。

如果说，内在精神的丰富性能够创造人的美丽，那么，无所事事，尤其是不道德的行为却会毁掉这种美丽。如果你在一个很大的集体中与许多青年人打交道，那么在那些清晰的、令你难以忘记的面孔当中，你会发现这样的一些脸，这些脸没有任何东西能引人注意——它们会不时闪现，但是却无法给人留下任何记忆。精神的空虚会让人的外表变得毫无个性。

不道德的行为使人变得丑陋。撒谎污蔑、假仁假义、空谈废话的习惯会使人逐渐养成一种飘忽不定的眼色：他会回避直视别人的眼睛；在他的眼神里很难看到他的思想，他在掩饰隐藏他的思想。阿谀奉承、献媚巴结的行为不仅仅赋予眼睛、面容一种奴颜婢膝的神态，而且还会给整个身体留下印痕。在遇见卑躬屈节的人和逢迎献媚的人的时候，我觉得，这种人，为了能够揣测领导的意图，不仅在用耳朵细听，而且在用整个身体助听，包括手、脚，甚至用背部、头部，以便随时随地或因谄媚的顺从，或因道歉的需要而点头哈腰。没有什么能够像奴颜婢膝让人丑态百出的：一个人变得不是他自己，他仿佛在努力地挣脱自己的躯壳，脱胎换骨。嫉妒、自私、怀疑、对“人们不会在意我”的担忧——所有这些情感渐渐让他的脸变得粗陋浅薄，赋予它阴郁、冷漠。做一个真实的自己，珍视自己的尊严——这才是真正的人类之美的鲜活的血液。

人类之美的理想，它同时也是道德的理想。身体的、道德的、审美的完美统一——这也正是人们广泛述说的那种和谐。不可能把我们的生活变得美好，如果不把人变得美好的话，如果不把作为人类的最高尚的情感之一的爱情变得美好的话。全人类之美的巅峰只有在那个时刻才能够形成，即当我们的社会里千千万万成员中的每一个人，形象地说，都在闪耀着他们的内在之美的时候。每个人，按照高尔基的话说，在彼此面前都犹如一颗星星。我坚定地相信：在共产主义时代里，人们都将是美丽的。肯定是这样的，因为这时人们内在美和外在美将会同时绽放。

你就是你自己精神之美的创造者，与你生活在一起的人们的美都将取决于你。

寄给你一本格林的选集。阅读这本书不仅要用脑子，而且要用心。不仅得逐字逐句地读，而且要读出字里行间的深意。

祝你身体健康，富有朝气！

拥抱你，吻你。

你的父亲

第二十三封信

亲爱的儿子，上午好！

我收到了你寄自集体农庄的信。这五年里，你能够很好地了解农业型的乌克兰，因为你至少到过五个州。你在信中写道，在你们工作的镇子里，审判了一名从前的警察——一个罪犯，他在二十年前曾经迫害过苏联人，杀死和折磨过游击队员、老人、妇女和孩子。你很震惊：一个人出生在苏维埃国家，长在社会主义制度下，怎么会突然就变成了祖国的叛徒。这怎么可能发生呢？要知道，生活本身就在教育人啊，你这样感叹道。

问题也就在于此，对此我坚信：教育人的不是生活本身，而是人。生活只能够帮助人。我给你讲一个故事，从中你就会明白，那些善变者是如何诞生的……

在我们区的一个镇子里，直到前不久，一直居住着一个人，他的命运是可怕的，同时也是富有教育意义的。

这件事情发生在战争初期。当战争的血雨腥风以其灼人的热浪烧焦了乌克兰，法西斯强盗从西面爬行而来，我们的部队撤退到第聂伯河的对岸。在一个八月的寂静的早晨，往这个人所在镇子的一条主要街道上，驶来了一队敌人的摩托车纵队。人们都躲进了屋子里，不敢出声的孩子们胆怯地往窗外窥视。

突然，人们看到难以置信的事情：这个人从屋子走出来，——穿着一件绣花的衬衫，脚蹬擦得锃光发亮的皮靴，用绣花手巾捧出面包和盐。在谄媚地向法西斯强盗微笑的同时，他把面包和盐端献上去，鞠了一躬。一个矮小的棕红色头发的上等兵故作仁慈地接过了面包和盐，拍了拍叛徒的肩膀，赏他抽了一支烟，然后从口袋中掏出一包香烟，握在手上，想了想，撕开包装盒，数出了一半的香烟，递给了他……

这一切都被孩子们从窗户里目睹了，他们将这一切都告诉了他们的母亲。几分钟之后，他们的这个同村人对敌人的这种可耻的“好客行为”整个镇子都知道了。猛烈的仇恨在人们的心中燃烧，大家握紧了拳头。后来人们开始思索：他是谁呢，这个人？是什么导致他走上了这可怕的背叛之路？人们回忆起他的爷爷到祖先的家谱，在心里回看他的童年。怎么会是这样呢，要知道他不过一个二十岁的青年人，好像还是一个共青团员。可是，请等一下，他叫什么来着？他的姓人们知道，因为一个人的姓都是随父母的，可是名字却没有人知道。大家很熟悉他的母亲——集体农庄庄员雅琳娜。于是，这个人从童年时代起就被叫作：雅琳娜的儿子。大家开始思考：究竟是什么东西导致这个年轻人走上了背叛的道路？但是，关于雅琳娜的儿子的情况，谁也说不出什么准确的东西。邻居们称他是一个娇生惯养的孩子。作为父母亲唯一的孩子，他每天睡到吃午饭才醒，而这时在床边的桌子上就已经摆上了母亲精心制作好的鲜牛奶瓦罐、白面包、酸奶油……人们从幼年起就教育孩子热爱劳动，在黎明时分就喊醒他们，让他们去田地里干活，而雅琳娜却偏护自己的“小心肝”（她这样称呼他的孩子：我的小心肝，我的唯一百看不厌的儿），让他逃避劳动和忙碌。

这就是你所谓的生活在教育人……要知道，雅琳娜爱自己的宝贝儿子到了忘我的程度，可是儿子又是用什么回报了她的呢？假如生活本身在教育他，那么母亲的爱就应该在儿子的身上培养出爱的情感。然而，生活中的一切并非那么简单。往往是，爱翻转成深重的灾难。

在那个艰苦的岁月里，雅琳娜的儿子是如何、在什么时候回到镇子里的，谁也无法说清楚。黄昏时分，老人们和妇女们时常坐在枝繁叶茂的樱桃树下，谈论着这件事情，有一个念头令人不安：他长得像谁呢？法西斯强盗占领镇子三天后，雅琳娜的儿子已经在臂上佩戴着警察的臂章，在大街上招摇。

"我们想啊，猜呀，但是心情却无法因此而轻松些，"七十岁的尤希姆大爷说，"这样一个卑鄙无耻的家伙是打哪儿冒出来的呢？是来自空虚的灵魂。这个人的灵魂里没有任何神圣的东西。他的灵魂里流淌的既不是对自己母亲的担忧，也不是对生他养他的这片土地的担忧。他的心没有因为对自己祖父和祖先们留下的土地的不安而战栗一下。他的双手没有在生他养他的土地上栽下一棵树，没有给家乡的人民创造出任何东西，他的汗水没有浇灌过大地的庄稼，他的双手也没有因为任何沉重而甜美的劳动而长满老茧，因此长成了蓟草。"

雅琳娜的可怕的日子来临了。她看见了：人们都在鄙视她的不肖子，也在鄙视她。她曾尝试劝告自己的儿子，提醒说，苏维埃政权会恢复的，会对他惩罚的。但是，儿子却开始威胁母亲：你知道，那些不赞成新秩序的人，往往会有什么下场吗？“那你就再不是我的儿子了！”母亲说完，离开了家，到姐姐家去了。

可怕的占领时期结束了，在一个十一月的黎明时分，苏联士兵们用尖锐的刺刀带来了自由的曙光。激烈的战斗在镇子的外围包抄而来，雅琳娜的儿子没有来得及和自己的主子们一起逃跑。可是人民的复仇，在庆祝解放的喜悦日子里，不知某种原因，并没有触及这个法西斯分子的走狗和罪犯——同镇的居民们来不及清算他，但是寻根究底的律师们开始调查每一个事实细节，不相信传闻蜚语。谁看到了雅琳娜的儿子如何参与处死游击队员的行动？谁看到了他如何多次射杀苏联人？谁能够证明，正是他将一位黑眼睛的美女送去服苦役了？所有这一切都不容易证明，尽管每个人都知道，每个人都确信这些罪行是他犯下的。侦查进行了很长一段时间，最后斟酌考量后认定全部指控属实，对雅琳娜的儿子进行了审判，判处了他七年的有期徒刑。

尤希姆大爷的话看来是有先见之明的：即便过去很少有人知道这个叛徒的名字，大家都称他为雅琳娜的儿子，那么现在他的名字就被完全遗忘了。人们开始用各种方式来称呼这个三十岁的男人。一些人干脆说：那个家伙，下流坯，另一些人则叫他：没有灵魂的人，还有一些人叫他：丧尽天良的人。他住在父母的那个小屋子里，任何时候都没有人到他这里来。邻居们也不让自己的孩子们走近这个“没有名字的人”的小屋——“没有名字的人”这是全镇子的人最后给他取的名字。

我真希望，这个没有名字的人的可怕的命运能够促使年轻的人们审视一下自己，哪怕是从旁观察，看看自己的心灵并扪心自问一下：在我们苏维埃的生活中，什么对我是最珍贵的呢?我用以同人民相连的连线在哪里呢?我已经用什么赢得了人民的尊敬，未来我又能用什么赢得人民的尊敬呢?

请给你自己也提提这些问题。请想想这种情形：一个人是在自己把自己推向孤独的深渊，如果他的灵魂里没有那种神圣的、点燃幸福之花的火种——即热爱人们的火种的话。为什么一个诚实的、勤劳的母亲的儿子会成长为叛徒?难道是他的童年不快乐、不无忧无虑吗?看起来，母亲是用圆满的尺子为儿子丈量好了幸福。然而，这究竟是怎样的幸福，而这幸福又是怎样的尺子测量出来的呢?孩子的幸福变成了动物性的消遣之乐，利己自私的欢愉盖过了周围的世界。由于被这些欢愉像一堵密封的墙壁一样将之与人民的欢乐与苦难隔绝开了，年轻的心灵就变得硬如铁石，冷酷无情了。如果对这个人而言，寻欢作乐是唯一的幸福，如果一个人达成这种人，那就不可能培养出一个公民的富有同情心的、诚实的灵魂。

我看着你的眼睛，我的儿子，我在想：你为人们做了什么？那根线，那根连接你和劳动人民的线在哪里？那条根，那条用永恒的和无限的美——即革命的成果的源头滋养你的高尚精神的根在哪里？是什么给你带来了生活中最大的快乐？在五一节的假期时节，你和同学一起驾驶着拖拉机，连续在田里干了两天的活，为的是让老拖拉机手们能够休息休息。每天，你下班回来，疲惫不堪，你的脸布满了灰尘，但是，你却非常快乐，非常幸福，这是因为你为人们做了好事，并且从中找到了你的快乐。你往田地里运送了约二十吨的肥料，于是贫瘠荒地曾经杂草不生，现在变成了肥沃的良田。当你望着你付出了辛劳的田地时，在你的眼中闪烁着人类的自豪火花。然而，这火花能否持续一辈子呢——这就是让我感到不安的地方。

千万朵玫瑰的美丽在我们全体人民的大花园里，越是鲜艳，那么长满蓟草或者曼陀罗的灌木丛就越是让人刺眼，而这些蓟草或者曼陀罗不知道从哪里冒出来的，它们污染着我们生活中的清新空气。蓟草和曼陀罗可以拔掉，可以从花坛中移除搬走，人却不能从社会里删除。应当关注的是，不让曼陀罗野草出现，而让每一颗被撒进肥沃土壤里的种子都能绽放出美丽的花朵。

有一句谚语说："近朱者赤，近墨者黑（С кем поведешься，от того и наберешься）。"谚语是对的，但是往往也不尽然：有的人似乎谁也没有教他任何坏的东西，在他的眼前也没有发生任何不道德的行为，可是他却成长为一个卑鄙下流的东西。一切问题都在于，正如实际情况所显示的那样，这个人谁也没有教他坏的东西，谁也没有教他好的东西，于是他就像荒地上的野蒿一般生长着。

就这样诞生着最可怕的东西，那种可以在我们这个时代展示的，——精神空虚。这个没有名字的人谁也没有教他去背叛祖国，去充当折磨人的魔鬼，但是他却恰恰成为了这号人，这正是因为，正如尤希姆大爷所说的那样，他的灵魂流露出的既不是对母亲的关切，也不是对生他养他的大地的担忧，他的双手没有在生他养他的大地上扎下根，他的汗水和那点人的自尊也没有与这个根的生长有过一丝关联。如果一个人既没有学习好的东西，也没有学习坏的东西，那么他就不可能成为大写的人；为让一个诞生于人类的鲜活的生命能够成为一个大写的人，那就只能教给他好的东西。

祝你身体健康，富有朝气！

拥抱你，吻你。

你的父亲

第二十四封信

亲爱的儿子，上午好！

你的来信让我很为难，回复它可不那么容易。你让我提个建议：怎样才能使共青团小组的组织生活变得“热情、生动、有趣”，使“会上大家不感到乏味无聊，不一心只等待着：这会议赶紧结束吧……”这些问题太难回答，是因为我不是很清楚，你们集体的宗旨是什么，你们的共青团员们都有哪些兴趣和理想。不过我还是应该给你建议点什么。

我很了解各个共青团组织的这个通病：聚集在一起开会，又不知道说些什么、提出什么样的问题供大家讨论。这个通病的原因是什么呢？我觉得，是由于你们的集体的整个精神生活与会议脱节，与争论和辩论脱节。你们的会议只有在这种情况下才会变得让大家有兴趣，即当这些会议是因必要性而呼之而出的，换句话来说：你们必须聚集在一起，以便集体地思考、讨论、商议。

最主要的事情，依我之见，那些任何共青团组织——无论是学校的、农庄的，还是工厂的、大学的，所要做的最主要的事情就是培养人。你们应该这样做：要使共青团的会议成为自我教养的学校。培育智力和生活智慧、培育各种情感、培育公民义务感、培育成熟的道德品质——所有这些都要通过下列的工作形式表现出来：使每一个男青年、每一个女青年都能够看清自己，认识自己，思索自己的命运，为自己的未来激动、担忧，但是，与此同时，还要让自我意识与对理想的追求相结合，使每个人都有所追求。我坚信，大学和大学生共青团组织的最重要的教育任务是培养人的世界观，培育人的思想目的性，而这就需要从培养智力和智慧开始。思想就是根基，理想就是绿绿的嫩芽，从这棵嫩芽可以长出人类思想的参天大树，人类活动、行为、激情、热情、交流的参天大树。我认为，共青团组织应该教会每一个青年人，用斯坦尼斯拉夫斯基的话说，教会他们了解最重要的生活智慧：学会这样思考，使自己的思考接近对思想的认识，有利于追求理想。所有人都会抱怨自己的记忆力，但为什么没有人去抱怨自己的智力？是因为没有人去力图，更确切些说，至今还没有人力图去认识自己智力的那些薄弱方面，去培育自己的智力……一个奇怪的，非常奇怪的现象出现在共青团组织中：大家谈论一切，常常企图涵盖培育世界观的思想上的那些最为复杂的问题，而对有关智力培育的问题却无人论及。而这却是一切问题的起点，这才是一切根基的汇集之处……傻瓜们现在很危险，在共产主义制度下他们还会更加危险，因为显而易见的是，他们的数量会减少，在人类智慧的大背景下，他们的愚蠢只会显得愈发愚蠢。

是的，但是应该怎样培育智力、世界观、思想性，应该怎样教人追求理想呢？应该如何将这些理出顺序呢？

智慧是经验的女儿（Мудрость есть дочь опыта），达·芬奇这样写道。铁会生锈，如果它找不到其用途的话，死水会发臭，或者在寒冷时节结冰，而人的智力，如果找不到其用途的话，则会枯竭。请你们想一想，论辩一下这个问题：我们的生活经验是什么呢？我向你保证，这将会是一场非常有意思的交谈。它之所以有意思，是因为你们当中的每一个人仿佛都在从旁观者的视角看待自己的智力。你们将会对你们的所作和所为进行智力分析。在论辩中，将会谈论到思想，谈论到理想，而这一切都会透过个人的感悟的棱镜而展开。在关于生活经验的论辩中，每个人都仿佛在对他自己做过的事情作出总结，但是这个总结不可能没有个人的自我评价，公开论辩的巨大的教育意义也正在于此。强大的、追求具有实际性目的的智力是大地上最优秀的智力（Сильный ум，преследующий практические цели，— лучший ум на земле），歌德这样写道。自己的经验应该从实际目的的角度进行分析。而你们所有的学识，你们全部的智力劳动都有着实际的目的：成为好的公民，好的创造者，成为正直诚实的人。这种人有着清醒的头脑、纯洁的心灵、灵巧的双手。这就是你们所要好好思考的问题——你们应该怎样努力做一个优秀的人的最好答案。你们在阅读哪些书？什么让你们激动不已？求知的思想渗透进你们的智力劳动里究竟有多深？“要想消化吸收知识，就要胃口大开地去吞食它们（поглощать их с аппетитом）。”阿・弗兰斯的这句名言我很建议你们设立为论辩的格言。

你们要生活在共产主义社会，你们就应该具有创造者的智慧。创造者的智慧意味着什么？意味着行动中的世界观。你们在大学的学习一般来说应该具有这样的特点：在思考的时候，你们不仅要认识、解释周围的世界，而且应该确信一些东西，为一些东西而奋斗，捍卫一些东西。一名大学的共青团工作人员告诉我：

“把大学共青团组织的工作安排得这样：使每一个男青年、每一个女青年都能够参与到某种具体的活动中去，那太难了。我们是‘纯粹的思想家’，我们与生活能有什么直接的、而非间接的联系呢？”

奇怪的不动脑筋……要知道，“纯粹的思想家们”也曾为了不愿放弃自己的信仰而赴死。在分析自己的生活经验时，你们应该回答这个问题：“我们在确信什么，在捍卫什么，在为什么而斗争？”我认为，在我们的社会里，正是在思想领域里，很长时间还不会发生科学唯物主义世界观与迷信、偏见、僵化的观点之间的尖锐的斗争。还有多少人在坚信这一点：在许多现象之中，存在可认识的和不可认识的两个方面，也就是，存在着神秘的、超自然的东西，它现在不可能并且将来也不可能被认识和解释。通常，持有这种观点的人们都是些信教很深的，有宗教情结的人。在他们的灵魂里，应该确立另一种信仰和另一种希望：相信人类今天正在一个接一个地解释那些昨天还未被认识的自然界的奥秘、思维的奥秘，在这个认识的过程中，在人类的面前不断地展现出新的待解之谜，新的需要揭示的奥秘。我相信，在认识了生活的最复杂的奥秘和最微妙之处后，人类就能够掌握住最伟大的、永恒的奥秘——永生不死的奥秘。这是为理智的辉煌而进行真正的斗争，与此同时，也是为了人类的斗争。这里到处都是思想、思想、思想。到处都是追求理智辉煌的渴望，要知道，理智，别林斯基这样写道，被赋予给人，是为了他能够理智地生活，而不仅仅是为了让他看到自己正不理智地活着。请你们用你们为人类的斗争来丰富自己的经验吧——到那时你们就有的是可以论辩的东西了，有的是可以谈论的东西了。

一般来说，在日常生活中，请你们确信最重要的科学唯物主义真理中的这一条：今天尚未被认识的东西，明天将会被认识。例如，无线电波的物质本性尚未被完全揭示出来，而重力实质的解释总体上还十分模糊，这里的许多东西还完全不清楚。请正好从这里，从自然界的这些奥秘的领域里，努力进行科学唯物主义的认知吧。请思索，思索，再思索。智力上的营养越富足，你们的论辩就会越尖锐，你们对生活经验的自我认识也将会越丰富。

如果你们能去思考那些尚未阐明的、尚未知晓的事物，那你们将会是真正充满智慧的人。

而智慧，托尔斯泰写道，智慧对所有人来说都是必不可少的，因而也是所有人所固有的。人的智慧表现在对自己的使命及其完成这一使命的方法的了解上。“最佳的状态是，假如智慧具有这样的特性，即它可以从一个充满智慧的人身上转移到另一个缺少智慧的人身上……然而痛苦的是，要领悟别人的智慧首先需要独立地工作。”

因此，对这些智者中的最明智者的这些话语也应该深入思考。无论你周围的人们多么地充满智慧，如果你无所事事，那么在人类智慧的长梯中你将一个台阶也攀登不上去。不管你的身边在开展多么聪明的辩论，你本人都要“转动脑筋”，以便变得更加聪明。

我很建议你们在共青团讨论会上辩论一下罗曼·罗兰所谓的智力的勇气和智力的诚实：“智力的勇气在于，在脑力劳动的繁重工作面前毫不退缩。智力的诚实在于，面对真理毫不退缩，追求真理，不惜任何代价去发现真理，鄙视随意轻率做出的模棱两可的决定，鄙视伤害自尊心的谎言……具有独立思考的勇气。要做一个人。”你们想一想，常言道，每个人都要老实地自己向自己坦白，你们是不是时时在克服脑力劳动时所遇到的繁重困难？请你记住，儿子，在脑力劳动中很容易屈服于一种诱惑：选择轻松的捷径，而逃避艰难的劳动之路。你们是不是在为公平真理的辉煌时刻，在思考，为理想而克服所遇到的艰难困苦？

你看，该有多少有关理智和智慧的话题可以辩论。而关于思想和理想的话题也不少。我建议你们可以就以下这些主题展开辩论："谁是我认为值得效仿的榜样""人的理想和理想的人""道德与美"。我记得，当我在大学学习的时候，我们讨论过的正好是这些主题。如果你们尝试一下，——你们就会看到，有许多针锋相对的观点在进行着激烈的交锋。高尔基有一个令人惊讶的思想："当大自然剥夺了人类用四肢爬行的能力后，大自然就给了人类，一根权杖的形式，——理想！从那时起，人类在无意识地、本能地追求着更好——一切越来越高！请把这个志向变成为有意识的，请教导人们明白，只有在有意识地追求更好的东西的过程中——才有真正的幸福。"你是否清楚这一点：从对理想的无意识的、本能的渴望转向为有意识的追求？这正好就是我们所说的大写的自我教养。权杖，人类用不可思议的劳动所获得的权杖（不是大自然所赋予的理想—权杖，不是的），不应该成为一普特[①]那样沉重的棒子，将人类捆绑在一个

① 普特：沙皇时期俄国主要的重量计量单位。1普特≈16.38千克。

地方。愿这权杖成为一个灵活的拐杖，帮助人们即使在漆黑无边的黑暗之中也能摸索到前进的道路。

没有理想就不会有任何前进的动力。没有理想，年轻人的梦想就不可设想，而梦想是火花，它能够点燃共青团员的浪漫情怀。如果你们讨论关于理想的话题，你们也就会看到，梦想的腾飞会怎样地将你们高举过大量的生活现象之上，你们从这些生活现象中会找寻到让你们珍视的东西。

以上就是我对什么主题可以成为共青团会议上的辩论对象的一些建议。当然，这不会是些普通的会议，不是那种让大家都感到无聊厌烦的会议，那种谁也不想发言的会议，因为在那些会议上一切话题都被谈论过，被反复地谈论过。……这将会是鲜活的、创造性思想的游戏，是受到高尚激情激励的思想的游戏。

祝你身体健康，富有朝气！

拥抱你，吻你。

你的父亲

第二十五封信

亲爱的儿子，上午好！

真是好样的呀，年轻人，我很高兴你们已经在遵从自己的信仰行事。令我惊讶的是：一个年轻的农学家怎么能够转动自己的舌头，去发出如此毫无意义的、简直是愚蠢的、违反经营规律的指令——将那些美丽的向日葵，那些（从飘落的颗粒中）偶然生长和成熟在大片玉米地的漂亮向日葵推倒，揉碎到地里，好让它们不影响联合收割机收割玉米。你们的良心奋起反对这个——不仅是毫无意义的，并且是有害处的——表面文章。这才是共青团员的良心，真正的信仰。你们的行动真是太棒了，你们拒绝执行这一愚蠢的命令，多花了几个小时的超额劳动工作时间，把所有已经成熟了的向日葵花盘割下来，——这样，你们挽救了几十公担[1]的葵花子，这些葵花子可以用作种子。

---

① 1公担＝100公斤。

你们赢得了某种对集体而言比起这单纯的物质价值大得多的价值，大得无法比拟的价值。你们赢得了巨大的精神财富，也就是罗曼·罗兰所谓的智力的诚实。

一个人的精神的美，首先就表现在对高尚的、真正的、正确的信仰的坚信。我去年给你写信的时候已经提到这一点，但是关于信仰的问题却可以写一部完整的长诗。正义感，乘以对个人的自我尊重，这就是所谓的热烈的信仰力。这一信仰力促使一个人仅仅遵从自己的良心所提示的方式去行动行事。不久前，在我们这里发生了一件极具教育意义的事情。在七年级读书的一个十三岁的小女孩儿Д. 玛丽娜（你不认识她），她的父母都是教派信徒。几个月之前，他们开始强制劝说自己唯一的女儿相信：如果没有对“真神”的信仰是无法在世界上存活下去的。他们几次带玛丽娜去祷告。可是在这个小女孩的心里从很小就已经种下了信仰真正的真理——人类理智的伟大的种子。在一次祷告结束之后，这个女孩儿问牧师：

“您说上帝创造了地球上所有的生物，……您在让人们相信：上帝只会给人类造福。但是，为什么同时上帝还创造成千上万种致命的微生物，导致千百万人们的死亡呢？这究竟是一种什么样的幸福呢？”

牧师回答道：

“真神需要的是心灵的信仰，是情感的信仰，而不是理智的信仰。不要自作聪明，不要刨根问底。应该信仰，这样上帝才会赐福于你。”

“不，我无法相信不正确的东西。”玛丽娜说着就离开了祈祷室。她的父母开始威胁她：我们会诅咒你，你不是我们的女儿，等等。

女儿回答道：

“如果我不是你们的女儿，那我就离开你们。”

于是，她去了女友家。这不，她已经在几个女友那儿住了一个月了，整个学校集体都在帮助她。而她的父母很快，我相信，就会去找他们的女儿，并请求她的原谅。玛丽娜的坚韧震惊了父母，迫使他们思考了很多事情。他们开始仔细听这个牧师所说的那些东西。玛丽娜的父亲已经两次提出了“造反性”的问题。

这才是真正意义上思想的信仰力。为什么会这样呢——一个十三岁的小女孩表现出了真正的意识形态上的勇气，而一个三十岁的农学家却会违背自己的良心行事呢？要知道，他呀——毫无疑问地——确信，与其收割、仔细保存好向日葵，不如直接毁掉它。那为什么他会这样做呢？

应该再一次说说灵魂。那些像农学家这样的人，仅仅知道一些思想的语言外壳，但这些思想却没有与这些人的整个的灵魂相融合，没有掌握他们的意愿，激动他们的情感。列宁曾经这样评价这些人：在他们身上“信仰并没有比在他们的舌头尖上更深刻”（убеждения сидят не глубже，чем на кончике языка）。这样的人是无法交托给他们任何重要的事情的。就业务品质来说，他们就是一群爱说大话和漂亮话的饶舌者。我记得这样一件事情。我们集体农庄曾经有这样一位年轻的畜牧学家。区里的一个代表过来说，“应该转向非单牛栏的母牛饲养”，也就是说，不要把它们固定在一个“工作地点”上，让它们在牧区随意走动好啦。畜牧学家立马就实施了这一建议，并开始大肆鼓吹这种非单牛栏的母牛饲养方法。但是农庄主席休假回来之后，就立马停止了这一试验，——母牛又全都返回到了单牛栏。可与此同时，畜牧学家在区里的报纸上被描写成为了一名革新者，开始连篇累牍地夸奖他。年轻的工作人员突然陷入了进退两难的境地。而这就是他找到的好出路：在畜牧场的一块不大的区域里继续采用非单牛栏的母牛饲养，用于应付区里来人的察看，而在其他的畜牧场则实行集体农庄主席的命令。这就是一个没有信仰的人所能达到的高度。

要记住，从谄媚、无原则到背信弃义只有一步之遥。信仰之所以应该是高贵的，仅仅只是因为它是真正的信仰，而不是因为它是属于我们的。要学会确信信仰。真理，它远不是第一眼就映入眼帘的东西，真理往往是隐藏在事物和现象的深处。我们可以找到很多的例子去证明：我们集体农庄在畜牧业方面的劳动水平处于非常高的水准。但也可以找到很多事实，由此得出如下结论：畜牧业的劳动是非常原始的，处于封建主义经济的水平。……这二者都可以被证明，但是它们哪一种都不是真理，也不是真相。真实的情况总是非常复杂的，也往往是矛盾的。如果你不理解这一点，那么生活摆在你面前的将经常是难解之谜和无法克服的困难。在分析这些事实的时候，应该学会看到它们之中所隐含的发展的辩证法，以及发展的趋势，——到那时一切将会豁然醒目的。如果要研究畜牧场的劳动水平，那么会很清晰地看到，那些以手工劳动占优势的畜牧场正在逐年减少，但是这一减少过程的完成并不是根据某人一挥手就实现的，——这里就有事物发展的辩证法，这里就是真理、真相。

经常可以听到这样一些言之凿凿的观点：我们的犯罪率在增加，有什么办法呢，流氓的数量太多了……这是不对的，就像我们透过有色眼镜去看世界一样所得出的结论也是不对的：我们的一切都很顺利顺畅，犯罪数量在不断地不可抗拒地减少。真理、真相就是，我们的人民再也不能向那些社会秩序的破坏者、罪犯、寄生虫妥协。如果过于频繁地谈到流氓、醉鬼、罪犯，那就意味着，在这样美好的环境背景之下，也就是在我们的社会中，这些肮脏之事是不可忍受的。

请你一从集体农庄回来，就马上去各书店里看一看，是否有爱因斯坦选集的第一卷。如果你找到了，请把它买好寄回来。

祝你一切安好，身体健康，精神饱满，学业有成。

拥抱你并吻你。

你的父亲

第二十六封信

亲爱的儿子，上午好！

你的来信引发了我很大的担忧。它让我开始思考人类灵魂里的那些深处的东西，而这些东西是很难通过教养而达成的，教育者们也经常会忘记这一点。……你愤怒地写道：一位大学生的母亲，一个集体农庄庄员，从遥远的集体农庄来看望他，但是这个大学生羞于自己的母亲只是一位普通的农妇，懦弱地躲着她，只是通过同学向母亲传话说自己已经外出了。……但同时又不忘记向母亲转达，让她把篮子里的鸡肉、脂油和面包留给他……

你怒火中烧，而我却在深思。我认为，在共产主义对世界的改革中，最为复杂的领域就是人与人的关系，以及在人心中对真正的人性的确信。在此之前，即在一个人自身身上将一切最美好的东西，最人性的东西被确信之前，是无法谈论到共产主义生产关系的胜利的。

一位教育学的理论学家不久前曾说过，真

正的思想教养是从那一时刻开始的，即一个孩子系上少先队员的红领巾那一刻开始的。这是一个巨大的错误。真正的思想教养开始于这一时刻，即一个孩子发出“妈妈”这个词的时刻。一个诞生于人的并具有人的外貌的存在物到底会变成什么样子，——很大程度上取决于这个存在物对待他母亲的方式，以及当他发出“妈妈”这个音时所体验到的那些感受。儿子的职责就是对人性的考验（Сыновний долг — это испытание на человечность.）。

有这样一个古老的乌克兰传说。

一位母亲她只有一个儿子。儿子娶了一位貌美如花的姑娘，但是这个姑娘却有一副凶恶的黑心肠。儿子带着年轻的妻子回到父母家。儿媳不喜欢婆婆，对丈夫说：“别让母亲踏进正屋，你把她安顿在过道好啦。”儿子就把母亲安顿在过道里，禁止她走进正屋。母亲也害怕出现在狠毒的儿媳妇眼前。只要儿媳一经过过道，母亲就会马上躲到床底下去。

但是儿媳觉得这还不够。她对丈夫说：“我不想在屋子里面闻到母亲的味道，让她搬到棚子里去吧。”儿子只好让母亲搬到棚子里。只有在夜晚的时候母亲才能走出这个黑暗的棚子。

一天晚上，年轻的妻子在鲜花盛开的苹果树下休息时，一下看到母亲走出了棚子。她发狂起来，跑来对丈夫吼道："如果你还想让我和你一起生活的话，那你就杀死你的母亲，从她的胸膛里取出她的心来，献给我。"儿子的心都没有颤抖一下，妻子惊人的美貌让他着魔了。他对母亲说："妈妈，我们去河里面洗个澡吧。"他们沿着多石的河岸向河边走去。母亲不小心被石头绊了一下，儿子很生气地对母亲吼道："你干吗，妈妈，绊这一跤？你为什么不注意一下脚下？这样走，我们要在天黑才能走到河边。"

他们来到了河边，脱下衣服，洗好了澡。儿子杀死了母亲，把她的心从胸膛中取出来，放在槭树叶上，用手捧着。母亲的心脏在跳动。儿子突然被石头绊了一下，摔倒了，撞到了膝盖。母亲滚烫的心跌落到锐利的悬崖边上，满是鲜血，剧烈地跳动起来，低声说："我亲爱的儿子呀，你把膝盖碰疼了吗？你坐一会儿吧，休息一下，用手掌揉一揉受伤的地方。"

儿子痛哭起来，用双手捧着母亲滚烫的心脏，紧贴在胸口，返回河边，把心放回到被撕扯开的胸膛里，眼里满含热泪。他明白了，永远也不会有一个人像亲爱的母亲这样全心全意地、无私无怨地爱着他了。

母爱是这么的巨大和取之不尽，母亲的心脏想看到儿子快乐幸福、无忧无虑的愿望又是如此的深重和万能，以至于母亲的心脏复活了，被撕碎的胸膛也闭合上了，母亲站了起来，将儿子头发曲卷的脑袋揽进了怀里。自此以后，儿子再也不能回到漂亮妻子的身边，她已让他感到厌恶。母亲也没有回家。他们母子俩一起去了草原，变成了两座土岗。每天清晨，太阳升起的第一缕阳光就照耀在两座土岗的岗顶上。……

这个传说就是这样的，它是人民的智慧创造的。没有哪份爱比母爱更伟大，没有什么柔情比母亲的爱抚和关心更温柔。没有什么担忧比母亲无眠的夜晚和合不上的双眼更令人不安。“如果儿子的心中燃起了火花，即使比母爱弱小一千倍，”乌克兰民间智慧这么说，“那么这火花也足够用永不熄灭的火焰燃烧人的整个一生了。”

人类之所以能够存在，正是因为有母爱存在。没有什么比伟大母亲的爱更高尚、更无私的了：任何的依恋、任何的爱情、任何的激情，与母爱相比较，都是软弱的，甚至是自私的，——我认为，别林斯基的这些话里没有任何一点夸大的成分。

儿子的感激之情……当父母感受到儿女的冷淡与无情，感觉到儿女忘记了父母曾经为他们所做过的一切的时候，父母的心该得经历多少痛苦的思虑和忧伤的时刻啊。对于一个感受到自己生命即将落幕的人来说，没有什么比孩子对他的感激更令他快乐幸福的了，而这快乐之源就是孩子们对父母的心存感激。忘恩负义的儿女，在人类道德宝库中，好像是人类缺陷之中最为尖锐、深刻的谴责的对象。正是从劳动人民的身上，我们应该学习对纯粹的高尚的感恩之心的培养，应该从民间道德的取之不尽的源泉里汲取精神的能量。没有这种能量，就不可能有真正的人性、真正的友谊和自由的人们的同志之情、兄弟之义了。我跟你讲讲，我们州里一个镇子里的人们是怎样谴责一个儿子的忘恩负义的。请向，儿子，向人民学习，在好的东西中学习，也在坏的东西中学习。

一个母亲养育了两个儿子。一个在战争中失去了消息，另外一个健康地从兵役中活着回来了。他带回来几箱子缴获的财物，却从来没有当着母亲的面打开过这些箱子。母亲的房子已经很破旧了，儿子决定修建一座新的。选址定在村庄的另一头，远离母亲。儿子建造了砖瓦房，给房子镀上锌，并且结婚了，这个新的小家庭开始过上了小康生活。可母亲的房子倒塌了。母亲请求儿子：请用干草遮挡一下漏洞百出的屋顶吧。儿子回答道：我自己的麻烦就够多的了，你自己的房子自己想办法解决吧。母亲大哭起来。……

巨大的悲痛向年迈的母亲袭来。结果母亲病倒了，无法起床，手脚瘫痪。母亲的邻居们找到儿子，对他说："安德烈，你还有良心吗？母亲卧病不起，她需要悉心的照顾。"儿子承诺来看望母亲，——结果也没有来。邻居们开始照顾生病的老太太。

半年过去了，一年过去了。母亲感觉身体更糟糕了，可儿子却一次也没有来看望过她。流言蜚语开始传遍整个村庄：儿子抛弃了母亲。人们都把安德烈称作没有良心的人，之后说得更为生动——叫他畜生。紧挨在安德烈的新家附近的，本来有四个邻居是准备建造新房子的。但是，难道一个真诚的农庄庄员能够和一个没有人性的畜生住在一块儿吗？于是农庄庄员们都纷纷在另外一个地方申请到了场地，建造了新房子，都纷纷搬家了。到最后，只剩下四座带有破草屋顶的空房子。人们走在安德烈居住的那条街上，开始觉得非常可怕。从早到晚空旷的庭院里不断响起枭鸟的悲伤的声音。过了一年，又有五户人家也搬去了新家，街道上变得更为寂静可怕了。安德烈请求农庄主席：请批准一些空地让别人建房吧，但是没有谁愿意和他做邻居。

在一个春雷阵阵的夜里，一座被遗弃的农舍由于雷电着火了。风呼呼地吹着，整座被遗弃的棚区都燃烧起来了。只有安德烈的房子，由于镀上了锌而完好无损。就在那个夜晚，安德烈的母亲去世了。儿子携着妻子来到了葬礼上，勉强挤出了几滴眼泪。他尝试着去做所有的儿子在母亲临终前都会做的事情，但是结果是，本来他应该做的事情，其他人都已经做完了。邻居们将母亲留下的衣物收拾好，捆成包。安德烈带着包袱回家了，人们目送他离去，人们的眼中混杂着惊讶与仇恨。

失火的地方长满了野草。一天夜里，人们看见一只狼偷偷靠近了安德烈的房子，停在灰烬堆积的地方，高抬起头，哀怨地嚎叫着。

人们宁愿绕十条道走路，躲开安德烈，也不愿意和他打招呼。恐惧席裹了这个没有心肝的人的灵魂。他开始害怕走出房子，太阳刚落山，他就上床睡觉了。谁也不想把新房子建在废墟上，庭院里也长满了飞廉和山杨。安德烈出事了，人们都说，他疯了：白天安德烈开始害怕太阳和人群，而夜晚的时候就在废墟上游荡。人们一点都不惊讶，当听到这个消息的时候：安德烈在一处废墟的一根柱子上上吊了。

废墟上开来了推土机，把废墟夷为平地，彻底除掉枯老腐烂的树桩。拖拉机翻犁了耕地，农田种植队在地里种上了向日葵。太阳花向日葵开花了，于是这个村庄的四周又迎来了欢声笑语。

在安德烈的农舍里面住着一群快乐的机械师。每个夜晚，人们都能听到抑扬婉转的手风琴声，听见姑娘们的歌声，又会回想起那个悲伤的故事，思考着安德烈悲惨的命运。人们也思考着自己孩子的命运。在无数个夜晚时分里，不止一个心灵在担忧着这样一个想法：为什么会发生这样的事情？这位母亲夙兴夜寐，将自己全部的心力都奉献给自己心爱的儿子——可爱的安德烈。人们回忆起这个忘恩负义的儿子的童年和少年时代，回忆起赫里斯京娜和丈夫经常一大清早就下地割小麦的情景。她经常是将散发着芳香的干草搬上大车，铺上白色的麻布，用枕头把可爱的安德烈安顿好，给他盖好，以免他遭受清晨的寒冷。大儿子，十二岁的儿子皮里普克帮助父母，在森林里面捡柴火，点篝火，取水，而十岁的安德烈却还在睡觉。

安德烈健康快乐地长大了。母亲深爱着儿子，最大的担心就是他能不能够无忧无虑地成长，希望没有任何的不幸和悲伤纷扰他的平静的童年。有一年的秋天，妈妈给皮里普卡和安德烈做了酸奶油烤蘑菇。安德烈一下子就如此地喜欢上了这道菜，他每天都要求吃酸奶油烤蘑菇。而附近的蘑菇越来越少了，于是赫里斯京娜不得不每天都深入到差不多十二俄里的森林深处去采摘蘑菇。有一天母亲划破了腿，勉强才走到家。但是她仍然强忍疼痛，没有露出一点痕迹：她不想让人知道发生了不幸。“难道要让可爱的安德烈的心情蒙上阴影吗？为什么要让他知道世界上会有痛苦的事情呢？”——赫里斯京娜每次都这样说，当她试图让儿童的眼睛无视某种悲伤的事情的时候。这一次也是如此。她随便包扎了一下受伤的腿，让安德烈去叫来邻居。每天邻居都会带来一篮子蘑菇，而母亲作为回报会送她自己绣的绣花衬衫。至此安德烈也不知道妈妈受伤了，他的心永远只关注自己的快乐，一点都不想去了解除自我快乐以外的事情。因此，他成长为一个冷酷的人，对他人的痛苦和担忧、恐慌和不安都冷眼相待。

我不了解那个耻于自己的母亲只是一个普通的劳动农妇的大学生，但是我可以自信地说，这是一个非常可怕的人。在困难的时刻绝对不能依靠他——他一定会叛变的。到那时，当他成为一个有家室的人，成为一个丈夫，成为一个父亲的时候，——他每天都会做数十件、上百件小小的背叛行为，而这些微小的背叛行为，最终会汇集形成一件大的背叛事件：他会摧残自己的孩子，虐待自己的妻子，他会给自己的孩子的心灵里灌输庸俗的利己主义、自私、对他人轻蔑和冷漠。

祝你身体健康，精力充沛。

你的父亲

第二十七封信

亲爱的儿子，上午好！

你信里写的几句话让我感到非常惊讶：“您这样写信，好像您已经知道我明天就要结婚，一年后就会养育孩子……”

一个人应该提前教导他一切东西。一个人真正地从事劳动是开始于十八岁左右，而教导一个人的劳动习惯却是开始于他迈出第一步的时候。这种教育方法也是为繁衍人类种群做准备。学习教育自己的孩子，也意味着在学习人性。不说一年之后，就是五年之后你将会有家庭，也会有孩子。令我惊讶的也就是，人们会教导少年和青年学习许多东西，如耕地、培育粮食、开拖拉机、操作车床，但是在教养孩子的时候，从来没有人想过要教孩子这些。而教一个人这些的时候，他已经有小孩子了。……相对而言，这才是最主要的。

对我而言，每一天都是从孩子们的快乐开始的。我在孩子快乐的双眼中看到了玫瑰花绽放时带给人的那种美的享受；我看到了孩子眼中的诧异与惊奇，当他在观察某种不平常的、新奇的东西——如蓝天中一片形状让人惊讶的云朵的时候，观察穿梭于树叶之间五彩缤纷的蝴蝶的时候。……孩子们乐于把这些作为礼物展现给他们的爸爸妈妈。社会和父母给予了孩子很多的快乐，这是多么好的事情啊！但在看到孩子们快乐的无忧无虑的脸庞时，在我的心里不禁生出了一种担忧。我不由想到了年幼的安德烈，——他也总是乐观愉快的，也不是从来不任性，因为慈爱的母亲的心总在用各种稀奇古怪的小恩小惠来预先防止这些任性。有一个问题使我无比困扰，这一问题每一个将来要做父亲的人都应该思考，同样你也应该思考。我们对孩子伟大的、真正永不熄灭的爱的火炬真的能点燃孩子心中的感恩之情和回报的火花吗？孩子能感受到，他生活中的快乐与幸福——是父母的血汗和劳动，是许许多多的“非亲属的”，但是对他来说是非常珍贵的人们的关心换来的吗？这些人们之所以对他来说是珍贵的，是因为没有他们的存在，他将无法生活，虽然这是常见现象，可他的大脑里会常常想到这一点吗？

在自己孩子身上继续自我本人，复制自我——这是父母最大的幸福。你看着自己的孩子就像看着一个令人惊讶的、无法复制的奇迹。你随时准备把一切给予你的孩子，只要这一切都有益于你的孩子。但是，请不要忘记，他首先应当成为一个人。而在一个人身上，最重要的东西是，对那些给你做过善事的人们的责任感、感激之心和感谢之情。对于你将给予孩子的好处，他只有在下列情况下才会心存感激之意和感谢之情，即当他本人也会对你——这个父亲，对他自己的母亲，对所有的长辈作善事的时候。孩子应该以德报德，这是父母教养孩子时最重要的原则。

请记住，孩子的幸福在天性上是自私的。这是因为长辈给予孩子的善意和幸福，他都会当作理所当然的东西接受。在这之前，直到孩子亲自感受到，用亲身经验体验到（而这种经验永远也不会主动来到他身边）：他个人的快乐的最重要的源泉是长辈们的血汗和劳动换来的，在这之前，他都会坚信：母亲和父亲就是为了带给他幸福和快乐才存在于世的。乍一看，这似乎是难以令人置信的：在一个诚实的劳动之家，父母深爱着自己的孩子，给予他们自己全部的心力，而孩子们有时候却成长为冷血无情的人。但是，这里其实不存在任何的谬论：一个孩子成长为只会消遣快乐的人，而这才是在教养当中可能出现的最可怕的现象。因为只有那些知道人类最崇高的快乐——为他人创造美好的快乐的人，才能体会到善良的伟大与美好。因此，只有这种真正无私的快乐，人类真正的快乐才是能够让年少的心灵变得高尚的力量。

怎样才能达到使父母给予孩子的黄金般的点点滴滴转化为孩子对其他人、对父母的黄金般的回馈呢？最重要的是，应该教会孩子全身心地去看到和感受、去理解和体验一点：他生活在人们中间；他的每一滴幸福和快乐的火星都是因为有人燃烧了自己的力量和智慧；他无忧无虑的宁静祥和的童年的每一天都是别人用操劳与白发换来的。

当你有了孩子的时候，请教导他看见和感受人们，这大概是养育人的这件艰难的事业中最复杂的内容，即在儿女身上复制你自我。

请记住，幼年时期，——从孩子能自己意识到自己的时候起，就是心灵培育期。为他人创造美好、做好事的行为始于孩子对美、对美好的事物的关切。所有能给予人以美的享受和快乐的东西，都具有神奇的教养力量。

年轻的父亲和母亲应该规划这个人，思考心灵培育期的每一节课的内容：孩子应该做什么，才能够让他的心对周围的世界变得敏感，他才能用心感受到他是生活在人群当中。但愿你的家庭里会有一个家庭节日，在这个节日里，孩子能够为父母营造快乐。在我们这里的很多家庭里，这个节日就是秋天玫瑰节。当然，你还记得，在童年时代你和奥莉亚一同栽种了一丛玫瑰。你记得吧，你是怎样无微不至地照顾它，给它浇水的。孩子们很快就会燃起了完成这一简单劳动的愿望，但是又很快就冷却下来了。应该经常提醒小孩子：要去浇水，给它御寒，给它松松土。他很不乐意做这种单调的劳动。劳动的成果虽然是散发着芳香的花朵，可是这在他的观念中还是遥不可及的，所以应该教他学会耐心。

但是你看，当玫瑰花丛中长出嫩绿的新叶时，孩子们的眼中就闪烁着喜悦的光芒。新一轮的长期而枯燥的劳动又开始了。孩子们一次又一次地去浇水、松土、施肥。最后，让孩子们完全意想不到的是：开出了第一朵小花，然后是第二朵，第三朵……这些日子里，孩子们眼中闪烁的幸福快乐的光芒是任何东西都无法与之比拟的。这不是孩子在收到父母的礼物时所体验到的那种喜悦，这也不是休闲的喜悦、度假的喜悦，更不是知道要去旅行的预先喜悦。

这是为最亲近的人——母亲、父亲、奶奶、

爷爷创造美好事物的快乐。这种美好也令孩子的童心感动、激动、喜悦，正是因为这种美好的事物本身就是一种美。孩子们迫切地等待着，等待着每一朵鲜花舒展开自己的花瓣。他可能已经变得有耐心。如果发生这种情况：有人把这朵花，这朵为预先给母亲准备的令母亲惊喜的礼物之花采摘了，那么这对孩子是多么大的痛苦。那在生活中没有经历过这种痛苦的人，不能算是真正的人。

对于年轻的父母而言，没有什么比目睹在摘下玫瑰花送给母亲的那一刻，孩子眼中闪烁的快乐更幸福的了。在这些时刻，孩子眼中充满了纯粹的人性的光辉，栩栩如生，他们被内心深处的喜悦——为人们创造美好事物的快乐所照亮。

这种纯粹的闪耀和人性的光辉仿佛打开了孩子看见世界的眼睛。这双眼睛看到了人们，看到了人们的关心和关切，看到了他们的焦虑和不安。你看，孩子送给母亲一朵新鲜的花朵，第一次在母亲的眼中看到了惊喜与快乐。在这一瞬间，心儿会告诉孩子：母亲很少感受到这种快乐的惊喜，母亲常常经受着不少痛苦的时刻。对最珍贵的那个人的怜惜之心，愿为母亲带来一次又一次快乐的惊喜时刻的渴望，这就是孩子的心灵在这一瞬间所充满的黄金般的回馈。孩子渴望越来越多地为亲人们、为母亲和父亲创造美好的事物。

这也是对人进行真正的共产主义教养的开端。一个孩子，在经历了为他人创造美好的事物、做了善事之后，就获得了看世界的新的视角。在开花的苹果树枝桠上，在一串串成熟的葡萄中，在雏菊绽放的花瓣中，他看到了劳动、操劳和忧虑的化身。他再也不会轻易地抬起手就折断枝桠、采摘花朵了。

一年、两年过去后……在家庭中也会形成一个传统：在母亲、父亲、奶奶、爷爷生日快要到来的时候，孩子们会给他们这些寿星献上鲜花。如果生日恰巧赶在了冬天，就让孩子在温室里或者是在家里的火炉旁边培育花朵吧。……在这种培育的过程中，孩子会经受到多少的担忧啊！但是多么好啊，如果这些担忧能够触动他的心灵。

愿你的幼小的孩子的生活充满对鲜活的和美好的事物、绽放的和盛开的事物的操劳和担忧吧。愿你的孩子在担心那棵在阵阵秋风中遭受风寒的苹果树苗；愿他的心里充满担忧：小灰兔在这个寒冷的夜晚会不会慢慢走近幼小的苹果树呢？它会不会啃咬小苹果树的树皮呢？

愿你的小孩子在黎明时分走入花园，试着触摸小苹果树的细细的树干，为它裹上干草。愿你的孩子的心会为下面的状况而疼痛：春天的寒冻损害了桃树上的花朵，或者风暴肆虐时雏鸟掉出了巢穴。

让孩子在花园里，或者在菜园里的某个地方拥有自己的一个美丽的小角落吧。冬天的时候，这美丽的角落是房间里的，温暖舒适的一块小地方。

开始上学学习的一两年之后，让孩子开辟一块感恩之园吧。让他为母亲种上一棵苹果树，为父亲种上一棵苹果树，为奶奶种上一棵苹果树，为爷爷种上一棵苹果树吧；为母亲、父亲、奶奶、爷爷栽种几丛葡萄藤吧。这将是孩子们稚嫩的关心父母的具体表现之一。唤醒孩子们去照顾果树，就像让他们去照顾玫瑰花丛一样，都是不容易的。这一切都取决于父母的人生智慧和决心。孩子们需要不断的提醒，提醒他是在为了谁劳动，他在用自己的劳动给谁带来欢乐。过了一两年之后，这些孩子觉得栽种时间过于久远的那些小树开始结出第一批果实了。孩子们会把这一切视作自己童年时代最明媚的时光。这时，已经不需要提醒他需要给果树整枝、浇水、施肥了，——他自己已经不会忘记这些了。他会迫不及待地等候，等候苹果树和葡萄的成熟期，就是为了摘下这些果实送给母亲，看到母亲的眼中快乐的惊喜。

这些美好的瞬间将给孩子的心灵上留下难以磨灭的印记。他仿佛在攀登自己人生中的第一个道德发展的高峰。那些孩子们为自己珍爱的人所付出的精神力量和身体力量，就是一个经受历练和感知情感的完整世界。为他人创造美好的事物会成为他的一种需求。他将会发自肺腑地感受到，自己的同学、朋友，以及任何一个生活在他周围的人都需要他的帮助。一个儿童，当他把行善作为一种需要的时候，就会对周围的世界变得敏锐、细腻、敏感，对人们、对行为、对事件，以及人际关系都变得敏锐、细腻、敏感。他能够感受到，父母在何时会遇到困难，他们何时需要帮助。那些经历了创造美好事物的快乐的孩子们，那些关切过父母的悲伤和不幸的孩子们，是非常敏感的！

一个诚挚善良的、富有同情心的孩子会在那些乍眼一看似乎没有恶劣行为的地方感受到丑恶。“我必须学好每一门课程”，不久前一个四年级的学生科利亚对我说，“我妈妈有心脏病。”……这孩子觉得，如果成绩单上出现糟糕的成绩，妈妈的心会变得忧伤疼痛。他渴望着要让妈妈心情平和。……孩子渴望好好学习的一个动力，首先是为父母带来快乐的愿望，而这种愿望只有在当孩子已经体验到、感受到为父母创造美好事物的那种快乐的时候，它才会出现在孩子的童稚的心中。我特别坚信，只有当我们唤起了孩子想为父母创造美好事物的愿望时，才能迫使孩子们好好学习。

请记住：道德教养，这首先是理智的、智慧的约束。一个孩子从自己有意识的生活里迈出的第一步起，就明白这样的三件东西：可以、不许、应该。那些教育者在犯一个很大的，有时候甚至是致命的错误，用形象的比喻来说，他们不知道如何正确地轮流使用这三件东西：可以、不许、应该。到十二岁左右，有时候到十三、十四岁，有时候甚至到了十五、十六岁，孩子们只被喂给一盘菜：可以。一个孩子，从幼儿直到少年时期一切全部都是“可以”，任何东西都被允许。孩子脑海里面被灌入的只有一个想法：他几乎成为整个宇宙的中心，一切都在围绕着他而转动。后来，就像民间的老话说的那样，这个孩子突然翻转，开始骑在父母的头上，于是，父母就救火般地匆匆忙忙地改换菜单：开始强制性地给孩子喂“不许”的这盘菜。突然，这个孩子面前展开的是一个周围世界的完全新的、迄今为止他都一无所知的另一面：这个被禁止，那个又不允许。小孩子觉得自己的手脚被捆住了，甚至是被侮辱了。他对善恶是非、公平与否产生了扭曲的认知。迄今为止，他身体的每一个细胞都感受到他带给父母的只有快乐：无论他做了什么，他的父母都只会表扬他（甚至即使他用他的小小拳头威吓祖母，他也会因此得到表扬：我儿子有多棒啊——是一个独立的人了）。这下，突然一切都翻转了：他带给父母的不但不是快乐，反而全部都是悲伤和不幸。他再也不是“心肝宝贝”“百看不厌的儿子”了，而是“上帝的惩罚”。没有了口头上的抚慰，取而代之的只有敲后脑勺，甚至是皮带的责罚。由此，孩子就产生了一种病态的自尊。父母的每一句尖锐的话语都是撒在他的这种自尊的流着血的伤口上的一把盐。对自我的怜惜就是孩子此时的心理状态，这种心理状态我可以毫无任何夸大成分地将其称为自私自利的无尽源泉。不要让孩子产生这种心理状态，这种心理状态将会催生出残酷与凶狠。应该让人学会在多大程度上成为善良的和怜惜他人的人，再学会在多大程度上怜惜他自己吧。

请善于去怜悯和爱吧（Умей жалеть и

любить)。父亲的爱应当是智慧的，而不是本能的。但愿这些教导能够传授给你点滴经验，这些经验是老一辈传给下一辈的。

祝愿你身体健康，精神饱满。

拥抱你并吻你。

你的父亲

第二十八封信

亲爱的儿子，上午好！

你请我就如何经济地和合理地（这完全正确——合理地）利用时间给你提供一些建议。你抱怨说："工作一件紧接着一件，转眼之间一天就这么过去了。结果原本要做的事情也没有做完。"从你的来信中我清楚地知道，"一大堆书"堆积着在你身上，就像你说的那样，被建议读的材料都来不及读完。

我根据个人的经验，向你提出几点建议。

1. 第一位的，也是最主要的（关于这一点，早在去年我给你写信的时候就同你讲过）——要善于在听课的过程中积累和储存时间。如果不善于听课，会导致这样一种情况：大学生会形成脑力劳动的"紧急动员"期：在测试（与考试）的前几天，他得坐着死啃课堂提纲，而在测验的期间又得开夜车，一天只睡两到三个小时。所有那些平时，或每天应当做完的工作都拖拉堆积到这些"紧急的日子"里来做。据我计算，这种“救火般的”“紧急动员的”日子，一年的时间加起来不少于五十天，这也就是说差不多是全年工作时间的四分之一。这里隐藏着一个时间不够用的最主要的根源。必须防止这种“十万火急的”昼夜不眠地读课堂提纲的做法。必须学会在课堂上已经在思考课堂提纲，并且学会每天复习笔记，哪怕每天只用两个小时也好。我建议你可以把笔记分成两栏（两列）：在第一栏里记下对上课内容的简要叙述，第二栏记录对这些叙述中需要思考的东西；这里应该记下的是关键性的、主要的问题。这是一个很好的构架，一门课程的全部知识都可以联结在这个构架之上。这样，对这些构架性的问题需要每天都去思考，把我曾经说过的那种阅读与这些思考相互联系起来。如果你能按照这个要求去学习每一门课程，那你就不会出现“全体紧急动员”的日子了，也就不需要在考试或者测验前忙于死记硬背上课内容了。一门课程的构架是一个独特的教学大纲，在它的基础上这门课程的全部材料便会在脑海中重现。

2. 如果你想拥有足够充裕的时间，那你就要天天读书。每天你要读，并仔细阅读几页（4～6页）的科学文献，这些文献资料或多或少都是与你学习的科目有关的。除此之外，要集中精力地读书，深入思考地读书，不要一味地死啃书本（也就是说，不要只是做笔记），每天必须以这种方式阅读至少10～15页的学术文献和科普文献（这里包括对学术杂志和科普杂志的阅读）。你所阅读的一切东西，这就是你治学的智力基础，这个基础越雄厚丰富，你学习起来就会越容易。你每天阅读的东西越多，你的时间储备就越充足。因为在你阅读的所有东西之中，会有千百个接触点，与你在课堂上所学的材料丝缕相连。这些千丝万缕的连接点我将其称为记忆的锚。它们把必须学到的知识与围绕着人的知识的海洋联结在一起。要学会强迫自己每天都读书，不要把今天的工作拖延到明天去完成。今天丢弃的东西，明天怎么可能补偿得回来呢。

3. 请从清晨6点钟就开始你一天的工作。你要5点30分起床，做完早操，就着圆面包喝完一杯牛奶（不要养成喝茶的习惯，成年以后再养成这种习惯也来得及）后，就开始工作。如果你习惯于从6点开始自己一天的工作，那就要再努力提前15～20分钟着手工作。这是很好的内在动因，它可以给一整天的工作时间定好基调。

在上课之前的一个半小时的清晨脑力劳动——这是黄金时间。凡是我必须做好的事情，我在早上把它做完。30 年来，我都坚持从早晨 5 点钟开始一天的工作，一直工作到 8 点。30 本有关教育学的书籍，以及 300 多篇其他方面的学术著作，所有这一切都是我从早晨 5 点到 8 点这个时间段写成的。我已经养成了脑力劳动的节奏规律：即使我想要在早晨的这段时间睡觉，这对我来说也是不能实现的，因为我身上的一切都已经被调整好在这个时间会全身心地投入到脑力劳动中去。

我建议你利用早晨的这一个半小时去完成最复杂的最具有创造性的脑力劳动。请思考那些理论的关键性问题，钻研艰深的理论性的论文，撰写专题摘要。如果你的工作任务是带有研究性的元素的——那就只能在早晨的这段时间去完成它。

因此，你也不用苦熬到深更半夜。请制订好你自己白天的工作日程，以便至少到 12 点之前能够睡着一个半小时（有时甚至两个小时）。这样可以缓解疲劳。

4. 请善于确定好自己的脑力劳动的体系。这是一个特别重要的规律，许多事情取决于它。我的意思是指，它能够分清事情的主次关系。

主要的事情必须善于这样安排时间去完成，以便不要最后把它降到次要的地位上。主要的事情应该天天去做。请确定好最重要的学术问题，对这些最重要的学术问题的理解将决定你能不能成为一名工程师。一系列这样核心的问题是贯穿性的，它们贯穿于许多学科课程之中。主要的学术问题应当置于你的早晨的脑力劳动时间里的第一位。要善于根据那些重要的学术问题，寻找最基本的书籍、基础的科学著作，并且长时间地认真钻研它们。

5. 要善于给自己创造一些内在的激励动因。在脑力劳动中，许多工作都是如此有趣的，以至于你愿意兴致盎然地去完成。通常是，唯一的推动动因只不过是一种需要。请由此开始你的脑力劳动吧。要善于集中精力于这些问题的理论细节之上，而且要如此地聚精会神，以至于你能够逐渐将这种“需要”变成一种“我愿意”。请把最有趣的事情留到工作快结束的时候去做吧。

6. 你被书刊和杂志的海洋包围着。在大学时代，必须成为一个对选择你要阅读的书籍和杂志十分严格的人。一个求知心切的、十分热爱学习的人总想阅读所有的东西。但是，这是无法实现的。要善于限定阅读的范围，要剔除超出这个范围的那些有可能破坏劳动制度的东西。但是，与此同时，也要记住，随时都可能会出现一种阅读新书——那种预先未列入你的必读计划之中的新书的必要情况。为此，需要有储备的时间。这种时间的储备，正如我已经给你写过的那样，是通过课堂上的脑力劳动，通过对听课笔记的钻研，从那些“全体紧急动员”的日子里挤出来的。

7. 要善于对自己本人说：不。大量的活动任务围绕着你。有各种科学小组、业余文艺活动小组、体育运动队、舞蹈晚会，以及许多需要花费时间的俱乐部。你要善于做出果断的抉择：在多种多样的活动中蕴藏着各种诱惑物，它们可能给你造成很大的损害。一个人必须娱乐和休息，但是，你不能忘记主要的事情：你是一个劳动者，国家在你身上花费了大量的经费，因此，占据第一位的不应该是跳舞和休息，而应该是劳动。为了休息，我建议你下下象棋，阅读一些文学作品。在绝对的安静中，在完全聚精会神的状态下下象棋，——这是调节神经系统，训练思维条理化的绝好方式。

8. 不要在琐事上浪费时间。我指的是，空洞的闲聊，白白地虚度的光阴。时常有这样的情况：几个人在房间里一坐，正如乌克兰的俗话说的那样，就“扯起闲篇来了”。一个小时过去了，两个小时过去了，却什么事情都没有做，没有什么高明的见解能够出现在这种闲聊之中，而浪费的时间却一去不复返了。要善于将自己和同学们的交谈变成充实自己精神世界的源泉。

9．要学会减轻自己未来的脑力劳动。这话所指的是，要善于构建未来的时间储备。为此，必须养成把做记录的笔记本系统化的习惯。我现在有40本这样的笔记本，每一本笔记本都被指定用来记载关于教育学的某个专题方面的鲜明的、转瞬即逝的思想（这类思想有只出现在头脑中一次而再也不会回来的“习惯”）。在笔记本里，我喜欢记载我所阅读过的某方面问题中最有意思的、最鲜明的东西。所有这些都是将来所需要的，这一切都能极大地减轻脑力劳动。你也有，我知道，不少这样的记录笔记本，但是还没有形成体系。请为这些笔记建立起清晰的系统吧。请以此减轻你的脑力劳动吧。

10．请给每一项工作都努力寻找到最合理的脑力劳动的方法。请避免老套和死板公式。要不惜把时间花费在这样的事情上：深入思考那些与你有关的事实、现象和规律的实质。你对这些问题思考得越深刻，你记忆里留下的就会越牢固。在你没有深入理解之前，就不要试图去记忆任何东西——这样做只是在白白地浪费时间。要学会简单地浏览一下你业已熟悉了的东西，这样的东西就没有必要去细读了。但与此同时，要努力避免对那些尚未深入思考过的东西只做浮光掠影式的浏览。任何表面文章都会以这样的方式回头重来，即你不得不对某些事实、单个的规律多次回过头重新阅读。

11. 任何一个人的智力劳动都不可能是顺利的，如果所有住在同一间宿舍里的人不能达成严格地恪守某些要求的协议的话。首先必须约定：在某些严格规定的数小时内严禁聊天、争论、做其他所有可能破坏安静氛围的事情。在要求集中精力进行智力劳动的数小时内，每一个人都应该完全独立地做事。如果有机会在阅读室里去工作，请最大限度地去利用这个机会。

12. 智力劳动要求数学思维和文艺思维的交替。请学会相互交替地阅读科学文献和轻松读物。

13. 要善于摆脱某些不良习惯。我指的是这样的一些：在开始工作之前闲坐 15 或 20 分钟；没有任何必要地去翻阅那些你明明不会去阅读的书籍；睡醒了，却还在被窝里再躺 15 分钟等，以及其他的坏习惯。

14. “明天”——是勤劳者最为危险的敌人。永远都不要把今天该做完的工作的某个部分搁置拖延至明天。应该学会把这变成一种习惯，即将明天的工作的一部分提前到今天来完成。这将成为一种出色的内在推动力，它能为你的整个的明天奠定基调。

15. 任何时候都不要停止脑力劳动，哪怕一天也不能停止。在夏天也不要放下书本。每天你都应该用知识的珍品来充实自己——这是你未来脑力劳动所必需的时间的来源之一。

这 15 条戒律，我认为，是值得每一个大学生认真遵守的。

祝你身体健康，富有朝气，身心愉悦！

你的父亲

第二十九封信

亲爱的儿子，上午好！

我收到了你满纸忧愁的来信。我对你在新年前夕所经历的那些思想并不感到惊讶。我曾几何时也遭遇过这种情况。那么，人活在这个世上是为了什么（для чего человек живет на свете），生命的意义究竟在何处（в чём смысл жизни）呢？

关于生命的意义的问题是伦理学的基本问题。我甚至很高兴，你的内心经历了与这些思想紧密相连的焦虑不安。假如一个人的心从来都没有，甚至一分钟也没有被悲伤占据过，那么人生的快乐他也就无法触及到。

我最近有机会参观了一个博物馆——华沙附近的前法西斯死亡集中营。在那些杀人犯和强奸犯们的魔鬼般思维所想出来的许多发明之中，映入我的眼帘的，是一个看似最原始的发明：一辆农村运货的四轮大车，那些注定死亡的囚犯们往这车里装载了约十吨的巨大石块，沿着一条坑坑洼洼的道路运送约两公里，卸下石块，然后再次装载，又重新运送，——所有这些都连续不断地重复进行，日复一日，一连持续数周和数月。在这个看似简单无奇的“发明”背后，隐藏着一种魔鬼般的微妙的意图：使人遭受最可怕的折磨，肉体上和精神上的折磨，——遭受漫无目的、毫无意义的劳役般的辛劳的折磨。在人心中一点一点地消磨掉整个的人性的东西——这就是法西斯暴徒们的意图——用不仅令人恐怖地耗尽人的体力劳动的方式，而且是痛苦的精神折磨的方式。如果一个人被迫去做一件毫无意义的、对任何人和任何事都毫无用处的工作，他是会经受精神道德上的折磨的。请回忆一下古希腊罗马关于徒劳无益的劳动的古老神话，请回忆一下但丁《神曲》中的地狱圈，你就清楚了。

人为什么活着呢，如果善的行为和恶的行为都以死亡而告终？正好是在这个令人类备受痛苦折磨的问题上，寄生着宗教，这宗教许诺人们在死后的冥府世界里获得永生。但是，即使在古代世界，已经有人明白了，没有也不可能有任何死后的来世和彼岸的永生。古代希伯来思想家埃克雷艾斯特（Экклезиаст）证实，既然所有的东西都是从尘埃中来并归于尘埃，那么生命的意义就根本不存在，一切不过是“所有的尘世的虚幻和精神的烦恼（всё суета сует и томление духа)”。但是，早在古代世界就已经有人明白了，永生是与一个人想要用自己的生命给新生的一代代人留下某种有价值的痕迹的追求紧密相关的。

每个苏联人都有一个生活目标（或者几个生活目标）。一个人梦想当一名工程师——成为新机器的设计者，另一个人梦想着为人们奉献出小麦的新品种，为了让那些原来的只长出一条麦穗的地方，能够长出两条麦穗来。第三个人想成为老师，第四个人想成为医生，第五个人想当技能高超的工人。你能说，这些目标中的每一个都是生命的意义吗？不，生活的意义，在我看来，应该是某个更加深刻，也更加无所不包的东西。而那个以制造一艘飞往火星的飞船为目标的人，和那个将小麦高产看作自己一生的幸福的人，两个人的生命的意义在本质上是彼此一样的，那就是：为人民服务，为人类创造幸福美好，提升人类对完美、创造、和美的追求。生命的意义并不是每一个人的具体的目标，而是那些人生的原则和生命的线路。为此，人类劳动，克服困难，为获得的成就而喜悦——这就是对生命的意义的表征。

我给你讲讲两名工人的故事，他们住在第聂

伯河畔的一个小镇上。他们的年龄差不多，快到五十岁了。他们在这个工厂工作了近二十五年。他们每一个人都有自己的房子，房子附近有一块自留地、一个葡萄园。甚至葡萄藤的数量也几乎相同——每一个人都有一百多丛葡萄藤。他们两个人，谢苗·拉夫连季耶维奇和阿列克谢·杰米多维奇，都忘我地喜爱在葡萄园里的劳作。从早春一直到深秋，所有的空闲时间都被他们花在了他们最喜欢的葡萄丛中。每一个人从一丛葡萄藤上收获了约三十公斤葡萄，而总共收获了约三吨的鲜红的葡萄嘟噜。但是，……人们对待他们的方式却迥然不同，谢苗·拉夫连季耶维奇受人爱戴，尽管他被认为是一个奇怪的家伙，但他们却痛恨阿列克谢·杰米多维奇。这是为什么呢？原因如下：

只要葡萄开始成熟，在谢苗·拉夫连季耶维奇的花园里，从早到晚都能听到孩子们的欢声笑语。他有几十个年轻的朋友。谢苗·拉夫连季耶维奇在葡萄园里搭建了一个小屋，就像在瓜地里一样，——他的朋友们都聚集在这里。他把几乎所有的葡萄串儿都分发给了他们。他们自己吃着美味的葡萄，并带回去给祖母和祖父们品尝。而在深秋时节，当葡萄园里的五颜六色的树叶毛毯覆盖着地面的时候，当葡萄枝桠变得光秃秃的时候，谢苗·拉夫连季耶维奇就会召集他所有的年轻朋友，并给每个人几株小葡萄幼苗：请他们种在家里，建一个自己的葡萄园，带给人们欢乐。这时，来到谢苗·拉夫连季耶维奇的葡萄园的人，不仅有“孩子们，还有成年人，特别是这些小朋友们的父亲”。

由于把谢苗·拉夫连季耶维奇视作一个怪人，很多人问他：“是什么使您会在葡萄园里劳作的？要知道，您从春季一直忙到秋季，却一无所获，一分钱也没有赚到。三吨葡萄呀——要知道仅此您早就可以建造一座大房子了。”

谢苗·拉夫连季耶维奇若有所思地微笑着，说道：“我从自己的劳动中获得了很多。我感觉自己就是一个富人，富过生活在地球上的任何一个人。而房子我已经有了。这个小房子对我就已经足够了。”

谢苗·拉夫连季耶维奇受到孩子们的热爱。孩子们随时准备为他奉献自己的灵魂。在那些时间里，当他在工作的时候，孩子们就会在小茅屋里等待着他，他们中没有一个人会去摘取一个浆果。谁如果试图做这样的事，他们自己就会揪他的耳朵。我坚信，任何一个人的人性，心性和善良都是用这样的尺子衡量的，即孩子对待他的态度。孩子们喜欢的那个人，——就是一个真正的人。孩子们是你永远都欺骗不了的，你无论怎样都无法在他们面前隐藏你自己的真实面目。他们能够感觉出，也能够辨识得到什么是虚伪，他们厌恶伪装。

在距离谢苗·拉夫连季耶维奇不远处居住着阿列克谢·杰米多维奇。在生产过程中，人人都知道他是一个经验丰富的、勤奋耐劳的工人，但是却没有人喜欢他。他的身上有什么东西总让人产生戒备，人们都说，这个人没有灵魂……如同谢苗·拉夫连季耶维奇一样，他也从早春到深秋一直都待在葡萄园里，但是在这里却从来没有听到儿童们的声音。他的葡萄园被高高的围栏包围着，在围栏各块木板的顶部上安装了铁丝网，围栏的各个柱子上还铺满了玻璃碎片，柱子上拴着两条凶狠的恶狗。对人们来说，阿列克谢·杰米多维奇修建起了一个个坚固的岗亭。如果有人来这里买幼苗（在他这里幼苗只能购买），那么阿列克谢·杰米多维奇就会走出大门，展示自己的幼苗商品，正如他自己所说的那样，并力图尽可能快地撵走购买的人。在葡萄成熟的季节，他会昼夜都守在葡萄园里。他和谢苗·拉夫连季耶维奇一样也有一间同样的小茅屋，但是除了他这位房主自己之外，从来没有一个人到这间小屋子里来过。所有的葡萄，直至最后一个浆果，他都卖到市场上去了。据说，他积攒的钱财已经不止一千卢布了。

这就是想让你看看的两个人，两种生命的意义。希望你好好学习、认真思考，要像逃避火灾一样地逃避不好的东西，竭力追求好的东西。生命的意义，就在于为人们服务。那些像阿列克谢·杰米多维奇这样的人们，他们周围都是同胞们蔑视的眼神。他们也可以感觉到幸福，但他们的幸福是泼留希金式的幸福。

我想用医生们的古老座右铭来结束这封信："为照耀别人，请燃烧自己（Светя другим, сгорай）。"请你仔细想想这些话吧，我的儿子。假如不是有众多的为人民的利益而牺牲自己的例子，那么人类就没有历史了，我们的整个生活也就变成了一个黯淡无光的监狱。从穆裘斯·西维奥到米哈伊尔·帕尼卡哈，到卓娅·科斯莫杰米扬卡娅和亚历山大·马特洛索夫——他们都是人类历史的穹苍上散落的永恒地燃烧着的为人们服务的星星，梦想着为人们创造美好未来的永恒地燃烧着的星星。愿这些闪亮的星星的光辉照亮你人生的道路，儿子。为照耀别人，请燃烧自己。

祝你身体健康，富有朝气。

拥抱并亲吻你。

你的父亲

第三十封信

亲爱的儿子，上午好！

你请我为下列三个问题提供答案：

1. 共产主义社会的人将会是什么样的？什么样的特征我认为是未来的人类身上最为重要的？

2. 什么样的道德缺陷我认为是目前最危险的、最不能容忍的？

3. 依我看来，在教养青年一代的工作中什么是最严重的不足？

第一个问题。那些未来将生活在共产主义社会中的人们，已经生活在我们中间了。对这件事不能做这样的设想：一个庄严的时刻突然来临，胜利钟声的响起，就可以宣告一个新人类的诞生。谢苗·拉夫连季耶维奇，我前一封信给你讲过他，就已经是一个未来社会的人。鼠目寸光的人们会把这样的人称之为怪人。我认识三十多个这样的人（随便说一下，我也正好有写一本关于这些人的书的想法，题目就叫

《怪人的世界》（Мир чудаков））。有一个这样的人就住在我们镇子里，离学校不远，你大概也能猜到的，我说的是伊万·普罗科菲耶维奇。他有一个向大家开放的花园。他是那些生活在他那条街道上的十五个孩子的教导员。整个夏天他都和孩子们一起忙碌在花园里：孩子们在这里设计收音机、玩耍、唱歌、学习拉小提琴……

有一个住在临近村子里的人。他是一名退伍军官。他领取着一笔数目可观的退休金。他本来可以过着安心的休闲生活。可是，他却从早到晚地劳作着——为大家劳动着。他是共产主义思想的宣传员。每天，他都要去田地里、去生产队、去畜牧场，去找畜牧员和农民们，向他们讲述世界上正在发生的事情，给他们读文艺作品。他与人们一起直接在生产岗位上劳动——一连两三天，然后又到别的生产队或者畜牧场去。

共产主义社会的新人，在我看来，首先是善良的人。对他人设身处地（Чувствование человека），顾及他人的精神上的需求（духовная потребность в другом человеке）——我认为，这就是未来的人类身上最为主要的特征。一个人深切地关心的是，使每一个人、每一个同胞都变得精神充实、道德美好、聪明智慧、踏实勤劳。要善于去珍视、尊重、爱护我们生活中最为宝贵的东西——那就是人。所有的这一切，我称之为善良、人性。

真正善良的、具有人性的人都善于深深地仇视——仇视丑恶，仇视我们的敌人——那些战争的挑动者、腐蚀青年一代的灵魂的人。这样的仇视感，需要我们像教会人们学会善良那样地去教导人们。

在科热夫尼科夫的长篇小说《你们相识吧，巴卢耶夫！》（Знакомьтесь，Балуев）中，有这样一段精彩话语："在我看来，如果一个人善于为自我的满足而去工作，同时从自己的劳动中感受到无私忘我的喜悦，那么就可以认为，他的一只脚已经踏入了共产主义。"倾心于劳动，一个人在劳动中的自我显现——这就是植根于我们日常生活的鲜活现实里的共产主义理想。当我们的国家没有一个人对劳动漠不关心的时候，没有一个人将劳动只是当作获取起码生活资料的生存手段的时候，我们就能够肯定地说，共产主义已经深入扎根于每一个人的心灵之中了。"如果说这世上有神灵的话，——那就是劳动和劳动所创造的奇迹（Если есть на свете божество，— это труд и чудеса его）"（谢尔文斯基语）。在这句话的字里行间我添加了这样的涵义：因为劳动，在每个人的面前都展现着自我教养、自我认识、自我完善的广阔天地。正是由于劳动的无穷无尽性，人自身也将变得取之不尽用之不竭，而人的完善也是没有止境的。

第二个问题。最危险的、最不能容忍的恶劣习性我认为是没有人性，对人的冷漠无情、残忍凶狠。这样的“善良”之举依然充斥在我们的社会中，你想要多少有多少。我给你讲一件发生在不久之前的事情，我亲眼目睹的。

在第聂伯河上游一个很大的镇子里，一位九十二岁的老妇人去世了。她是四个儿子的母亲，是十一个孙子的祖母，二十二个曾孙的曾祖母。她的一生非常艰难。在六个坟墓里——在东普鲁士、在玛祖尔人的沼泽里、在喀尔巴阡山脉中、在柏林城下，都埋葬着她的骨肉；在六个战士的纪念碑上，都写有她的姓氏；在每一个字母里，都留有她无数的不眠之夜、欢乐与期望。

她最小的、五十岁的儿子怀着悲痛和忧虑来到人们跟前，对他们说：请帮助送送母亲最后一程吧。在木材仓库里没找到做棺材的现成的木板，但是却遇到了一群善良的人们：大家为死去的老人脱帽，默哀了一分钟，然后锯开了一棵大松树的树干，对他说道：拿去吧，孩子，为你的母亲建造最后的屋子吧。木板需要运走，但是却没有汽车，每一辆汽车都在忙碌。在此处又碰到了一个善良的好心人。死者的儿子拦下来迎面驶来的第一辆汽车。司机替他分担了悲伤，把自己的运输工作推迟了半小时，把木板装上车，驶离了木材仓库的院子。就在这时，发生了一件莫名其妙、荒唐古怪的事情。汽车队的队长看到自己的汽车装载着木板，看到在大门外帮助用绳子捆绑木板的司机，大声喊叫起来：

“这是怎么回事？你为什么不做自己该做的事情？”

司机和死者的儿子对队长说：请不要大喊大叫，请冷静一下——有人去世了。队长无动于衷，也不表示歉意，反而更加肆无忌惮，对着脸色苍白的司机，又是猛跺着双脚，又是挥舞着拳头，他还爬上汽车，把木板扔在了地上。……司机开车走了，可死者的儿子站在木板前，痛哭起来。他双眼满含泪水，都没有发现，有一个陌生人坐着大马车向他驶来了。——他是从奶油厂那边办完事返回来的，听到吵闹声，就停下来，明白了一切……他把木板搬上了马车，轻轻拍了拍这位被悲伤击垮的、遭受侮辱的死者的儿子的肩膀，低声问道：“要将木板运到哪里？”

这也就是最可怕的、最无法容忍的道德沦

丧。你一次又一次地问自己：在我们这里，到底是在怎样的土壤里才会生长出那些被难以称作人的人呢？产生这种冷酷无情的现象的原因何在呢？产生这种残忍暴虐和仇视人类的现象的社会条件在我们这里是没有的呀。那么，一定是有某些其他的原因。这是最尖锐和最病态的问题之一，这些问题是在大规模地建设共产主义时期生活给我们提出来的。直到在我们的社会里还会出现像这个汽车队的队长的那种人之前，关于共产主义都只能是梦想，想建成共产主义我们也无法建成它。重新教育这些人是非常困难的。这种恶的滋生必须预先防止——用在童年和青少年时期的正确教养来预先防止。

我从小就认识这个汽车队队长。伊万科曾经也是一个普普通通的孩子，和千万个别的孩子一样。他上学念书，喜欢在夏天的雨后光着脚丫子在小水洼里乱踩，经常翻过篱笆墙爬到邻居家的果树园里——似乎偷摘来的苹果比他自家果园里的苹果更香甜可口。

然而还有另外一件事情。这些陈年旧事，邻居们一谈起来就满怀愤懑。和伊万科的父母生活在一起的还有祖母，即伊万科父亲的母亲。伊万科的母亲不知为什么总是不喜欢她的婆婆。老奶奶单独居住在贮藏室里，自己给自己做饭。

伊万科经常从他母亲那里听说：奶奶很恶毒，不是个好婆婆……有一次过节，母亲做好了凉菜。“把那个最小的盆子，儿子，端给奶奶，”她对儿子说，“那，就是那个小盆，那个我们里面放果皮核的小盆子。……”母亲让孩子取柴火烧炉子时，对他说：“伊万科，把干柴拿来，把湿柴留给奶奶好啦，她可不喜欢房间里太热。”

于是，孩子明白了，奶奶被人看作一个受歧视的人。

有一年夏天，老奶奶请求伊万科说：请你去，好孙子，草地上，帮我摘点酸模来煮甜红菜汤。……伊万科不愿意去草地，他跑到菜园子里，采了一把糖萝卜的茎叶，拿回来给了奶奶。奶奶年老眼神不好，就把糖萝卜的茎叶切碎，煮了甜红菜汤。而伊万科却津津乐道地给小伙伴们讲述他是如何欺骗奶奶的。

听闻了伊万科的故事，孩子们都感到震惊：假如是他们也做出这样的事情，他们的父母该会对他们说什么呢？家家户户都在议论这件事情，于是“恶毒的儿媳、不孝的孙子”的丑闻就传遍了全镇上下。……

几年过去了。伊万科长大了，参军进了部队。命运也许就是这样安排的：他平安无恙地度过了整个战争的动荡年代。但是，他没有回到自己父母的家。在村镇附近，一个大型发电厂已经开工修建。伊万科在这里的某个事务所安顿下来——整天开车，运输建筑材料。他向上爬得很快——先是当上了调度员，后来成为汽车队队长。他讨得了某人的喜欢；只要领导说出半句话，他就能领会领导的意图，而且一切挖地三尺也要弄到手。

伊万科的父亲去世了，祖母随后也去世了，只剩下年迈的母亲一个人。儿子把她安排在自己的一幢大石头房子旁的一间小贮藏室里，修建了一个炉子，对母亲说："你就自己，母亲，给自己煮饭吃吧。请安分守己地过日子，不要打扰影响别人。"

或许，在这个时候他的母亲才想起来当年自己对儿子的那些教导，当她让他给婆婆送冰冷饭菜的时候……也许，此时她也记起了民间的名言警句是怎样教育她的：请不要在一个孩子顺着躺在床上，而是当他横着躺在床上的时候，就关心他的心灵。

像汽车队队长伊万科这样的人，人们称他为丑陋的人。未来不会属于这样的人。未来只属于那些人，那些现在就已经达到了共产主义人性的最高梯级上的人。在遥远的乌兹别克斯坦的集体农庄生活着铁匠沙马穆德·沙克梅托夫。他和他的妻子在战时的艰难岁月里抚养了十六名孤儿，并把他们教养成人。在我们乌克兰有一个社会主义劳动英雄，娜杰日达·扎格拉德。在艰难饥饿的年代，她收养和培育了二十二名孤儿。这才是真正的英雄主义，这才是真正的人性。

第三个问题。在教育青年一代的工作中所存在的最严重的错误，按照我的主张，是——忘记这样一点：今天的孩子明天会长大成为成年人。很多父母，甚至包括教师们，对孩子都持这样的态度，仿佛孩子们永远都会是孩子。后来突然绝望地抓头发：他们没有发现，一个小婴儿怎么不知不觉中成长为少年了，少年又转眼长成了青年，而这青年又以突然准备结婚成家的意愿让父母惊慌失措……所以，在一个小孩子身上看到明天的成年人——这其中，我觉得，真正涵括了父母、教师，及所有负有教育孩子责任的人们的生活智慧。换句话说，必须善于爱孩子。“孩子是神圣的、纯洁的，”契诃夫曾经写道，“即使在强盗那里、在鳄鱼那里，孩子们也处在天使的级别上。我们自己可以爬进任何一个什么坑中去，然而，我们必须把他们裹进这样的氛围之中，那种符合他们的天使地位的氛围之中……不能把他们当作自己情绪好坏的玩具：忽而温存地亲吻，忽而狂暴地用脚踢。用专横残暴的爱去爱孩子还不如不爱（Лучше не любить，чем любить деспотической любовью）。”

专横残暴的爱——这是一种摧残孩子的可怕力量。父母之爱的专横在于，这些“爱的份额”是由情绪好坏而释放的：如果父母的心情舒畅，——那么家里的主调是宽恕一切，孩子可以随心所欲做自己想做的任何事情，一切都是被允许的，甚至小后代都可以对祖母施之拳脚，或者对她做出侮辱性的动作；反之，如果父母情绪不佳，父母就虐待孩子。

而在学校里，教育工作的最主要的缺点，在我看来，在于公民元素、教育里的公民气息的薄弱或缺失。置于首位的应该是公民的教养，——关于这一点应该多多地说、多多地写。

祝你身体健康，精神饱满！

拥抱你，吻你。

你的父亲